Rainer Bressler, Jurist im Ruhestand und Schriftsteller, geboren 1945, ist Schweizer und lebt in Zürich. In den Jahren 1980 bis 1993 profilierte er sich als Hörspielautor, dessen Hörspiele von Radio DRS produziert und ausgestrahlt wurden.

Bisherige Veröffentlichungen:

7 Hörspiele:

Tom Garner und Jamie Lester; Morgenkonzert; Folgen Sie mir, Madame; Aufruhr in Zürich; Nächst der Sonne; Geliebter / Geliebte; Gaukler der Nacht; Beinahe-Minuten-Krimi

Produziert und ausgestrahlt in den Jahren 1979 bis 1993

Geliebter / Geliebte. 8 Hörspiele, Karpos Verlag, Loznica 2008

Privatzeug 1856 bis 2012. Versuch einer Spurensuche, 5 Bände:

Spur 1 Reisen; Spur 2 Spielen; Spur 3 Schreiben; Spur 4 Dichten; Spur 5 Weben

BoD 2012 bis 2016

Pink Champagne, satirischer Roman, BoD 2020

Schattenkämpfe, Roman, BoD 2020

Kraut & Rüben, Kurzgeschichten, BoD 2020

Reise-Impressionen, Erzählungen, BoD 2020

Fenstersturz, Krimi-Satire, BoD 2020

Texturen, Krimi-Satire, BoD 2020

Theaterstücke Band I bis …, BoD 2020

Rainer Bressler

Theaterstücke Band I

Trilogie
über gute Menschen der Gegenwart

Marie Kalann

Die Jungs von Stratte 05

Der Salon des Monsieur Westbury

3 Farcen

© 2020 Rainer Bressler

Lektorat und Korrektorat: Rainer Bressler
www.rainerbressler.ch
Umschlagbild: Rainer Bressler, Masken, Aquarell 1973

Herstellung und Verlag: BoD – Books on Demand,
Norderstedt

ISBN: 978-3-7526-0625-6

Bibliografische Information der Deutschen
Nationalbibliothek:
Die Deutsche Nationalbibliothek verzeichnet diese
Publikation in der Deutschen Nationalbibliografie;
detaillierte bibliografische Daten sind im Internet über
http://dnb.dnb.de abrufbar.

Marie Kalann

Farce in 21 Bildern

Personen	August von Lasendorf, genannt der Poet
	Wunda, des Poeten Sekretär
	General
	Helter, Oberleutnant
	Trass, Leutnant
	Kalann, Leutnant
	Marie, Kalanns Frau
	Vorsitzender Paule Kirsta
	Hausbesitzer
	Volk, Männer und Frauen, ca. 6 Personen
Ort	Sankt Nimmerleinsland
Zeit	Sankt Nimmerleinstag 1473

Erstes Bild

Kommandoposten

Der General geht, einen Brief lesend, auf und ab. Kalann folgt ihm Schritt auf Tritt. Trass und Helter stehen daneben.

General	„Sao Salvador da Baia de Todos os Santos, den 15. Juno 1473. To whom it may concern. Schweren Herzens geben wir bekannt, dass unser gesundheitlicher Zustand uns zwingt, alle öffentlichen Verpflichtungen abzusagen. Gezeichnet blablabla." Kreuz-Blitz-und-Donnerwetter!
Trass	Hatschi. Hatschi. (*Alle starren Trass an*)
General	Wo sind wir stehen geblieben?
Kalann	(*befliessen*) Herr General hat die Note des Präsidenten verlesen und daraufhin Kreuz-Blitz-und-Donnerwetter gesagt.
General	Sehr gut, Kalann. Kreuz-Blitz-und-Donnerwetter! Wir sind verkauft. Der Alte kratzt zur ungeschicktesten Zeit ab.
Trass	Tut er nicht. Entschuldigung. Ich meine: falls der Herr General gestatten. Seine Exzellenz, der Präsident, erfreut sich der besten Gesundheit. Er kratzt nicht so schnell ab. Hatschi. Hatschi.
General	Wie will er es wissen, Trass?!
Trass	Falls er General gestatten, ich weiss es mit Bestimmtheit. Seine Exzellenz, der Präsident, hat genügend Geld zusammengescheffelt und will es

9

	zusammen mit seiner Geliebten in Monte Carlo verprassen. Offiziell wird er zurücktreten, um an der Meerluft zu gesunden.
General	Halte er mir Hintertreppengerede vom Leibe, Trass!
Trass	Hatschi. Hatschi. Ich weiss es von einer Dame, die dem Präsidenten sehr nahe steht. Hatschi. Hatschi.
General	Trass, ein Offizier ist nicht erkältet.
Trass	(*Flüsternd zu Helter*) Er hat gut reden! Beim Strampeln rutscht die Decke runter. Dann schläft man abgedeckt.
General	Angenommen, seine Vermutung trifft zu, ändert es nichts an der uns überraschenden Tatsache eines baldigen Rücktritts des Alten.
Trass	Jawoll Herr General!
General	Kreuz-Blitz-und-Donnerwetter! Diese Kanaille verarscht uns.
Helter	Ist kein Problem nicht, Herr General, überhaupt nicht.
General	Helter, erkläre er uns, wie wir – unvorbereitet überrascht vom Rücktritt des Alten – zum Präsidenten gewählt werden.
Helter	Die Mehrheit des Volkes muss bloss ihren Namen auf die Wahlzettel schreiben.
General	Unseren Namen!
Helter	Zugegeben, viele Menscher kennen ihren Namen nicht. Dem kann abgeholfen werden, indem wir ihren Namen bereits auf die Wahlzettel drucken. (*Der General wehrt ab*) Zudem interessieren sich die Menscher

nicht für Wahlen. Bei den letzten Zwölf Wiederwahlen des Präsidenten betrug die Stimmbeteiligung jeweils ein Prozent. Wäre doch gelacht, wenn wir nicht die Mehrheit dieses einen Prozents des Volkes gewinnen könnten.

General
An der Verlässlichkeit des Volkes ist zu zweifeln.

Helter
Das Volk wird sie wählen. Wen sonst sollte es wählen?

General
„Sollen wählen" tut es niemand anderen. Unterschätze er von Lasendorf nicht.

Helter
Den Poeten?!

General
Seit 37 Generationen stellen die von Lasendorfs Präsidenten.

Helter
Dieser Plüsch-Pudel Präsident?!

Trass
Hatschi. Hatschi. Herr General gestatten? Herr von Lasendorf gedenkt sich gegebenenfalls um die Präsidentschaft zu bewerben.

General
Da hat er es, Helter! Trass, woher, zum Teufel, hat er diese Information schon wieder?

Trass
Herr General, von einer Dame, die dem neuen Sekretär des Barons sehr nahe steht. Der neue Sekretär übrigens war früher Werbefritze. Er hat den Auftrag gefasst, das Image des Barons aufzumöbeln. Hatschi. Hatschi.

General
Kreuz-Blitz-und-Donnerwetter! Hat er weitere Informationen auf Lager?

Trass
Nein, Herr General!

Helter	Ist kein Problem nicht, Herr General. Überhaupt nicht. Sagen wir dem Volk, dass sie besser sind als von Lasendorf. Dann wählt das Volk sie.
General	Versuche er, Helter, dies dem Volk mitzuteilen.
Helter	*(Geht zum Fenster, öffnet es und schreit)* Der General ist der Beste. Der General ist der Beste. Der General ist der Beste. *(Schliesst das Fenster und kommt zurück)* Niemand hört zu. Den Menschern ist nicht zu helfen. Sie verweigern sich der Wahrheit.
General	Eben!
Helter	Ist kein Problem nicht, Herr General. Überhaupt nicht. Wir machen das Volk uns zuhören.
General	Hat er, Helter, nicht soeben am eigenen Leibe erfahren, dass die Menscher von uns keine Notiz nehmen?
Trass	Neineineineinein!
General	Wir schätzen Neinsager nicht, Trass!
Trass	Herr General irren.
General	Lasse er sich nicht zu unbesonnenen Worten hinreissen. Wir irren nie.
Trass	Herr General möge bedenken, dass unsere schnittigen Uniformen auf Weiber Eindruck machen. Weiber mit prallen Brüsten und üppiger Hinterhand nehmen durchaus Notiz von uns. Hatschi. Hatschi.
General	Weiber! Komm er mir nicht mit seinen Weibergeschichten, Trass! Das Volk nimmt keine Notiz von uns. Und damit basta!

Helter	(*Mit einem Kratzfuss*) Ich sehe den Herrn General bereits als Präsidenten.
General	Sein Vertrauen, Helter, ehrt mich, rührt mich. Verliere er ob seinem Vertrauen nicht den Blick dafür, dass seine Vision von uns als Präsident einen Teilaspekt darstellt. Visioniere er auch das Volk, Helter.
Helter	(*Mit verklärt ins Nichts schweifendem Blick*) Die Menscher schreien hurra, hurra, hurra.
General	Den Menschern ist ein Hang zum Hurrarufen nicht abzusprechen. Leider jubeln sie oft den Falschen zu. Kreuz-Blitz-und-Donnerwetter, Kalann! Schleiche er nicht so dicht hinter uns her!
Kalann	Pfehl, Herr General!
Trass	Hatschi. Hatschi. (*Pause*)
Kalann	Wir sind stehen geblieben bei, Pfehl, Herr General!
General	Kalann, er ist ein Wüstenpferd! Nehme er sich ein Beispiel an Trass. Ein richtiger Mann mit strammen Waden. Was ein richtiger Mann ist, hat stramme Waden. Wer keine strammen Waden hat, ist ein Wüstenpferd. Schaffe er sich stramme Waden an, Kalann!
Kalann	Pfehl, Herr General! Stramme Waden anschaffen!
General	Herren Offiziere, habe die Ehre! Halt. Was wir noch sagen wollten: morgen klock Zwölf unterbreiten sie uns einen perfekten Plan, wie wir die bevorstehenden Wahlen gewinnen. (*Kalann beschäftigt sich mit seinen Waden*) Kalann, nicht herumtrödeln! Dalli

	dalli! Stelle er sich gefälligst vor, der Alte haue heute bei Nacht und Nebel ab und wir hätten uns morgen früh dem Volk zu stellen. Herren Offiziere, habe die Ehre! Kalann, was hat er noch?!
Kalann	Herr General, ich würde an ihrer Stelle den weissen Cadillac mit Standarte verkaufen und den Erlös für ein Heim für Kriegswaisen spenden. So etwas spricht die Leute an.
General	Kalann, wir sind nicht er. Ergo sind wir kein Wüstenpferd. Ergo behalten wir den weissen Cadillac mit Standarte.
Helter	Ein Heim für Kriegswaisen?! So ein Quatsch! Eine Kriegswaisen-Auktion! Dann können die Menscher etwas mit nachhause nehmen. Alle Menscher, die eine Kriegswaise erwischen, schenken ihnen ihre Stimme.
General	Wo Kriegswaisen holen und nicht stehlen?! Und wir warnen ihn, Helter. Es darf nichts kosten.
Trass	Hatschi.Hatschi.
General	Unseren weissen Cadillac mit Standarte verkaufen?! Von Lasendorf fährt einen himmelblauen Cadillac mit Louis-Quinze-Plüschausstattung. Der Alte hat seinen grauen Cadillac mit schwarzem Nerz überziehen lassen und die Stossstangen mit Zobel. Wir lassen uns unseren weissen Cadillac mit Standarte nicht vermiesen! Kalann, er ist ein Wüstenpferd!

Kalann	Pfehl, Herr General. Stramme Waden anschaffen.
General	Herren Offiziere, morgen klock Zwölf mit Wahlstrategie!

Helter, Trass, Kalann ab.

Zweites Bild

Stammtisch im Leuen

Helter, Trass, Kalann, Wunda, Paule Kirsta.

Trass	Hatschi. Hatschi. Und Brüste hat sie. Ich sage euch. Brüste, die aus dem Mieder quellen. Die Brüste prall und voll. Und eine starke Hinterhand. Speckig, üppig. Ein Griff ins Volle. Spürst wieder einmal, was ein richtiges Weib ist. Schwebst wie auf Wolken.
Kalann	Und du sagst, die Brüste.
Trass	So. So. So. Ich übertreibe nicht. Ehrenwort. Geh mal hin, schau sie dir an.
Kalann	Reizen täte es mich ja schon.
Trass	Na also.
Kalann	Ich weiss nicht.
Trass	Hält die Deinige dich streng an der Kandare, wie?!
Kalann	Die Marie?
Trass	Wer sonst?
Kalann	Nein. Sie hat einen. (*Flüsternd*) Dort sitzt er. Der mit dem düsteren Blick und dem verqueren Mund. Vorsitzender Paule Kirsta heisst er.
Trass	Du lässt es zu, dass deine Marie?
Kalann	Ach so, Marie und der Paule Kirsta treiben es bloss politisch miteinander. Strampeln will die Marie mit mir. Mir fehlt manchmal die Lust dazu. Sie hat keine prallen Brüste.

Helter	Trass, führe er den Kalann nicht auf Abwege! Das ist Zersetzung der Wehrkraft.
Trass	Blödmann!
Helter	Schluss mit diesem Unfug. Ran an die Aufgabe, die der General uns zugedacht hat!
Kalann	Am meisten Aufmerksamkeit bringt es, wenn er sich eine Kugel in den Kopf jagt.
Helter	Selbst das würde unser Problem nicht lösen. Steht der General nicht mehr zur Verfügung, trete ich an seine Stelle.
Trass	(lacht)
Helter	Nehme er sich in Acht, Trass!
Trass	Mir ging so durch den Kopf. Ich hätte klar die besseren Chancen. Zumindest bei 52% der Leute.
Helter	Du bessere Chancen als ich?! Willst du ebenfalls kandidieren?!
Trass	Es gibt nun mal mehr Weiber als Männer.
Helter	Da schneidest du dich gehörig in deine Finger! Die Männer füllen die Wahlzettel ihrer Frauen aus.
Kalann	Die Schwulen stehen auf stramme Waden. Sie würden ihre Stimmen dem Trass geben.
Helter	Wüstenpferd! Was schlagen wir dem General als Strategie vor?
Kalann	Trass, wie hast du es geschafft, so stramme Waden zu bekommen? Ich habe Tigerbalsam eingestrichen. Ausser einer Rötung der Haut ist nichts geschehen.
Trass	Hatschi. Hatschi. Was weiss ich.
Helter	Wüstenpferd! Jogging und ein Rennfahrrad! So, und nun an die Arbeit!

Trass	Hatschi. Hatschi.
Kalann	Jogging? Wie eklig.
Helter	Das Volk muss uns wählen!
Trass	Schschsch. Der Wunda.
Helter	Der was?
Trass	Wunda. Der Sekretär von Lasendorf. Sitzt und sperbert zu uns rüber.
Helter	Er dort?
Kalann	Nein. Er ist der Vorsitzende Paule Kirsta.
Helter	Ach! (*Leise und konspirativ*) Kameraden, eure Vorschläge, wie wir die Wahl gewinnen.
Trass	Wenn du mich fragst, mir ist die Wahl wurst. Meine Publicity funktioniert krass. Die Weiber sind hinter mir her. Kotz du deinen Plan aus!
Helter	Ich?
Trass	Hatschi. Hatschi. Ziere dich nicht.
Helter	Wenn ihr meint. Also gut: konzertierte Aktion. Spärlich eingesetzte Mittel. Analysen. Bumbum – ganz genau ins Ziel. Menschen machen ploff – hurra! General Präsident.
Trass	Hatschi, hatschi. Ich verstehe nur Bahnhof. Und das soll ein Plan sein?!
Helter	Ja, genau wie ich es gesagt habe: konzertierte Aktion. Spärlich eingesetzte Mittel …
Trass	Obacht mit deiner Deklamation. Der Wunda kann alle deine Worte mitstenographieren.
Helter	Ich bin nicht bescheuert. Wunda versteht nicht, was ich sage. Er darf unseren Plan

	nicht kennen. Er ist geheim. Ich kotze meinen Plan nicht für Dritte raus. Fahren wir fort: Analysen. Bumbum – genau ins Ziel …
Trass	Weshalb soll ICH nichts verstehen.
Helter	Kluges Kind, dass du dir diese Frage stellst. Konzertierte Aktion. Spärlich eingesetzte Mittel. Analysen. Bumbum – genau ins Ziel …
Paule	Nicht so laut! Geht es noch, immer dieses Gegröle!
Helter	Flachs er uns nicht an. Weiss er überhaupt, mit wem er die Ehre hat zu sprechen?! Wir sind Oberleutnant Helter.
Paule	Wir? Dich Frosch gibt es doppelt?! Nein, so was.
Wunda	Los, los, Herr Oberleutnant! Dieser Pöbel muss in Schranken gewiesen werden.
Helter	(zu Wunda) Sie meinen? (zu Paule) Pöbel, kusch, kusch!
Paule	Leck mir!
Wunda	(zeigt auf Kalann, der seit geraumer Zeit in einer Ecke Kniebeugen macht) Seltsamer Kamerad, den sie bei sich haben!
Trass	Hatschi, hatschi.
Helter	Was unterstehen sie sich, meinen Kameraden zu beleidigen?!
Wunda	Ach, Herr Oberleutnant, jeder hat sein Kreuz zu tragen. Mit jenem Wüstenpferd dort, kann der General keinen Staat machen.
Helter	Wir sind die loyalen Soldaten – Offiziere – des Generals! (zu Trass) Kalann ist

	übergeschnappt. Kann uns nicht mehr gefährlich werden. Hahaha! (*zu Kalann*) Kalann, spinnt er?
Kalann	Melde gehorsamst, der General haben gesagt, Arschbacken richtig zusammenklemmen. Dazu benötigt der Mensch pralle Arschbacken. Sie fehlen mir. Stramme Waden ebenfalls. Kniebeugen bis anno domini und zurück, für pralle Arschbacken und stramme Waden. Dann sag ich zum General: General haben befohlen, um ihnen zu gefallen, General, nun habe ich einen prallen Arsch und stramme Waden, ich bin ein richtiger Mann!
Helter	Knalltüte! Komm er her, Kalann. Blamier er uns nicht vor der Konkurrenz.
Wunda	Zu spät, zu spät. Ich habe ihn bereits gesehen. Ihn jetzt zu verstecken hilft nicht. Schicken sie ihn zum Zirkus. Dieses Wüstenpferd wird dort ein Bombenerfolg werden.

Drittes Bild

Kommandoposten

General, Helter, Trass, Kalann (geistesabwesend)

General	Kann er nicht zuhören, Kalann. Gestern habe ich ihm das Prinzip erklärt. Ist er zerstreut? Folgen soll er uns Schritt auf Tritt. Nicht an den Fersen kleben. 30 Zentimeter Abstand sind zu servil. 200 Zentimeter sind zu wenig servil. Wähle er einen Abstand von 110 Zentimetern. Trass, messe er 110 Zentimeter aus, um Kalann eine Ahnung davon zu geben, was 110 Zentimeter sind. Komm er, Kalann, stelle er sich hinter uns. Keine neuen Mätzchen! Untersteh er sich, subversiv zu werden!
Trass	Hatschi, hatschi.
Kalann	Herr General, bin ihnen ergeben. Will ein guter Offizier sein. Ein richtiger Mann. Mit prallem Arsch und strammen Waden.
Helter	*(vertraulich zum General)* Kalann ist heute verwirrt.
General	Paperlapapp. Ihm fehlt nichts. Bloss ist er heute viel doofer als sonst.
Helter	Ja, ja, doof bin ja auch ich.
General	Wir wollen es hoffen!
Helter	*(vertraulich zum General)* Wir nehmen nicht an, dass es sich bei Kalann um eine geistige Umnachtung handelt.
Trass	*(der gelauscht hat, nun vorwurfsvoll)* Helter!

Helter	(*zu Trass genervt raunend*) Unsere Chance, wenn wir ihn so ausbooten können. (*mit gespielter Sorge zum General*) Mit geistigen Umnachtungen ist nicht zu spassen.
General	Er liefert den Beweis, dass auch er doof ist, Helter! Kalann geistig umnachtet?! Nie und nimmer! Ein Offizier! Ich bitte ihn, ein Offizier und geistig umnachtet! Nicht wahr, Kalann, geistig umnachtet ist er nicht?! Etwas doof, doch sonst hübsch servil.
Kalann	Pfehl, General. Jawoll! Wie General befehlen!
General	Kalann funktioniert perfekt. Schreibe er sich das hinter seine Löffel, Helter! Herren Offiziere, Sorgen bedrängen uns. Hetzer sind hinter uns her. Das Individuum Vorsitzender Paule Kirsta hat sich über ihn, Helter, beschwert. Was dieses Individuum Vorsitzender Paule Kirsta sich herausnimmt! Über Offiziere beschwert man sich nicht! Offiziere sind heilig. Das Individuum Vorsitzender Paule Kirsta ist ein Aufwiegler.
Trass	Hatschi, hatschi. Nein, nein, das Individuum Vorsitzender Paule Kirsta ist kein Aufwiegler. Die Frau von Kalann hat mir gesagt, der Vorsitzende Paule Kirsta ist harmlos.
General	Strampelt er mit dem Weib von Kalann?! Sind ihm, Trass, nicht einmal die Weiber seiner Kollegen heilig?!
Trass	Hatschi, hatschi. Nein, nein, Missverständnis, General. Mit der Frau von

	Kalann habe ich mich bloss unterhalten. Doch der Vorsitzende Paule Kirsta strampelt manchmal mit ihr. Daher weiss sie, wie harmlos der Vorsitzende Paule Kirsta ist.
General	Wer, zum Teufel, strampelt mit Kalann?!
Trass	Ich nicht. Der Kalann hat keine prallen Brüste. Hatschi, hatschi.
General	Gut so. Falls er, Trass, mit Kalann strampeln würde, müssten wir ihn tadeln.
Trass	Hatschi, hatschi.
General	Kalann! Trete er von hinter unserem Rücken hervor und stelle er sich vor uns. Wir müssen mit ihm reden.
Trass	Hatschi, hatschi.
General	Versuch er es mit Kamillentee.
Kalann	Pfehl, Herr General. Kamillentee.
General	Doch nicht er, Kalann! Er, Trass, soll es mit Kamillentee versuchen.
Trass	Pfehl, Herr General. Kamillentee. Hatschi, hatschi.
General	Zu ihm, Kalann. Sein Weib treibe es mit dem Individuum Vorsitzender Paule Kirsta?
Kalann	Ausschliesslich politisch, Herr General. Sie strampeln nicht zusammen.
General	Das ist ja noch schlimmer! Sein Weib hat die Wohltätigkeitsveranstaltung für die ausgedienten Helden nicht besucht.
Kalann	Marie hatte Migräne.
General	Kalann, er hat sein Weib nicht im Griff. Sorge er dafür, dass sein Weib es nicht mit Individuen namens Vorsitzender Paule

	Kirsta treibt und gefälligst nicht Migräne hat, wenn sie die Wohltätigkeitsveranstaltung für ausgediente Helden zu besuchen hat. Trete er wieder hinter mich. Wird's bald!
Kalann	Pfehl, Herr General!
General	Kreuz-Blitz-und-Donnerwetter! Bereits fünf nach klock Zwölf und noch keiner der Herren Offiziere unterbreitet mit einen Plan für meinen Wahlsieg!
Helter	Ist kein Problem nicht, Herr General, überhaupt nicht! Ich meine, der Wahlsieg. Was nicht bekannt ist, kann nicht gewählt werden.

Kalann schert aus und macht Kniebeugen, abwechselnd mit Liegestützen.

| Helter | Wer kennt in diesem friedliebenden Land in Friedenszeiten die 10'000 Düsenjäger des Herrn General, die 20'000 Fernlenkraketen des Herrn General, die 50'000 Geschütze des Herrn General, die 100'000 Panzer des Herrn General?! Wer kennt diese Wunderdinge der Technik, die alle Menschen in Furcht und Schrecken jagen?! |
| General | Kreuz-Blitz-und-Donnerwetter, Helter! Er hat Köpfchen. Werde er mir nicht übermütig. Ein bisschen doof muss er bleiben, Kalann, was macht er jetzt schon wieder?! Er befindet sich hier nicht beim Freizeitsport. Wir planen. |

Kalann	Pfehl, Herr General, ich bin zu doof fürs Planen. Der Trass hat stramme Waden. Der Helter ist helle. Und ich? Ein Versager. Ich muss mir stramme Waden anschaffen. Um zumindest mit Trass aufzuholen.
General	Höre er mit diesem Unfug auf. Höre er uns zu. Hat er überhaupt mitgekriegt, worüber wir reden?!
Kalann	(*schlägt die Haxen zusammen, in Habachtstellung*) Pfehl, Herr General. Einträchtiglich schrillen Düsenjäger, zischen Fernlenkraketen, böllern Geschütze und krantschen Panzer in Ballettformation ein Menuett. Den Menschern fallen vor Staunen die Kinnladen runter. Die Menscher staunen. Die Gemahlinnen der Herrn Offiziere streuen blaue Vergissmeinnicht und golden-weiss-gesprenkelte Rosen über das mausgraue Technikzeugs, das kreucht und fleucht. Herr General stechen ein Riesenfass Gratisbier an und verteilen Bier in Pappbechern an die Menscher. Jedes Mensch erhält eine Schweinsbratwurst vom Griff und eine Kümmel-Semmel, übergeben von Kamerad Helter. Jubeln sollen die Menscher und fröhlich sein. Die Menscher schreien Hurra, hurra, der neue Präsident ist da – und zeigen auf sie, Herr General!
General	Ich bin platt! Genial. Ein Volksfest!
Helter	Kalann hat mir meine Idee gestohlen. Ich bring dich um. Ich habe kein Sterbenswörtchen über meine Idee

	verlauten lassen. Zu niemandem. Wie hast du meine Idee gefunden. Du bist mir in der Nacht in mein Gehirn gestiegen und hast die Idee geklaut. Er hat meine Idee geklaut. Da haben wir's. Er ist ein Dieb! Fasst den Dieb!
Kalann	Helters Idee! Das Volksfest in spe lag in der Luft.
Helter	Meine Idee!
General	Meine Herren! Keine Sorge, Helter. Dieser geniale Plan wird ihm zugeschrieben. Glaubt er im Ernst, dass wir diese ausgeklügelte Diabolik einem Wüstenpferd wie Kalann zutrauen?!
Helter	Herr General ist zu gütig. Ihm gebührt Dank!
General	Klug. Sag er fünf Danke-Vielmals.
Helter	Dank sei ihrer grossen Güte. Dank sei ihrer Gunst. Danke, Herr General, für alles, was sie mir Knalltüte angedeihen lassen. Dank sei ihrer grossen Güte. Dank sei ihrer Gunst. Danke, Herr General, für alles, was sie mir Knalltüte angedeihen lassen. Dank sei ihrer grossen Güte. Dank sei ihrer Gunst. Danke, Herr General, für …
Trass	Hatschi, hatschi.
Helter	Unterbrich mich gefälligst nicht! Ich bin erst beim dritten Danke-Vielmals! Dank sei ihrer grossen Güte. Dank sei ihrer Gunst. Danke, Herr General, für alles, was sie mir Knalltüte angedeihen lassen. Dank sei ihrer grossen Güte. Dank sei ihrer Gunst. Danke, Herr General, für alles, was sie mir

	Knalltüte angedeihen lassen. Dank sei ihrer grossen Güte. Dank sei ihrer Gunst. Danke, Herr General, für alles, was sie mir Knalltüte angedeihen lassen.
General	(*während Helter seine Danke-Vielmals runterleiert und Kalann im Abseits Kniebeugen macht, wobei der General Kalann gestisch andeutet, er möge sich hinter Trass und Helter einreihen*) Kalann! Befehlsausgabe! Hört er nicht, Kalann?! Befehlsausgabe. Reihe er sich ins Glied ein. Befehle sind im Glied zu empfangen.
Kalann	Hätte ich stramme Waden, Herr General, hätten sie den genialen Plan auch mir zugedacht. Ich bin ihrer nicht würdig, Herr General.
General	(*streicht Kalann über den Kopf*) Ach, armer Kalann!
Kalann	Gestatten sie, Herr General, dass ich protestiere. Ich bin ihrer nicht würdig.
General	Wir benötigen Wüstenpferde. Er ist ein gutes Exemplar dieser Spezies.
Kalann	Gestern haben sie, Herr General, mir den Rat gegeben, mir stramme Waden anzuschaffen. Das ist ein Full-Time-Job. Gibt Herr General mich frei für ein paar Monate? Bitte, bitte, bitte, bitteschön!
General	Kalann, ein Wüstenpferd bleibt ein Wüstenpferd. Das Volksfest ist eine riesige Herausforderung für uns. Wir benötigen jeden Mund, um dem Volk die Parolen vorzusagen, die es zu plärren hat. (*schreiend*) Herren Offiziere, ins Glied,

Befehlsausgabe! Trass, Bierfässer anrollen und im Supermarkt eine Million fünfhundertvierunddreissigtausend und einhundertneunundneunzig Bratwürste und Kümmelsemmeln einkaufen. Helter, ein Menuett für Kampfwaffen komponieren. *(mit erlahmender Stimme)* Er, Kalann, verfüge über sich.

Viertes Bild

Kalanns Wohnung

Marie, Kalann, später auch Wunda

Kalann	Der General hat recht. Die Frau eines Offiziers sollte es, auch nicht politisch, mit jemandem wie dem Paule Kirsta treiben.
Marie	Ich verfluche die Stunde meiner Zeugung. Der Fehler, den meine Eltern damals gemacht haben, ist nicht wiedergutzumachen.
Kalann	So schlimm ist es nicht. Nicht alle Frauen können pralle Brüste haben. Aber alle Frauen von Offizieren können und sollen die Wohltätigkeitsveranstaltungen für die ausgedienten Helden besuchen. Alle. Verstehst du mich, Marie? Alle.
Marie	(*ins Publikum*) Meine Damen und Herren, was soll ich antworten? Er ist eine gute Seele. Doch er versteht mich nicht. Er will, er kann mich nicht verstehen. Ich bin es müde, immer wieder zu berichtigen. Es geht doch nicht um solche oder solche Brüste. Es geht um Schwanz oder nicht Schwanz! Ich muss kämpfen. Überall und immer. Sie glauben mir nicht?! Probe auf's Exempel! (*zu Kalann*) Kalann, bring mir meine roten Pumps. Ich werde ausgehen.
Kalann	Ich soll dir deine roten Pumps bringen?! Du hast eine Meise!

Marie	Kalann, als du mich hiessest deine schwarzen Lackschuhe zu bringen, bin ich sogleich gerannt. Du hast es als selbstverständlich hingenommen, dass ich alles fallen lasse und sogleich renne. Dass ich für dich renne, ist für dich normal.
Kalann	Wart mal, Marie. An dieser Geschichte stimmt etwas nicht. Ich besitze keine schwarzen Lackschuhe.
Marie	Dann halt braune Holzböden.
Kalann	Besitze ich auch nicht. Pantoffeln. Das ist es, Pantoffeln. Und ich finde es so süss, wenn du mir meine Pantoffeln bringst.
Marie	(*ins Publikum*) Ist es nicht zum Schreien?! Schauen Sie das Personenverzeichnis zu diesem Theaterstück im Programmheft an. Sieben Männer, eine Frau. Hätte das Stück einen Chor, in ihm dürfte Parität herrschen. Frauen machen einundfünfzig Prozent der Menschheit aus. Meine Herren, diese Ungerechtigkeit nagt. Hätte ich pralle Brüste, würden Sie sie anstarren. Ich bin flachbrüstig. (*zu Kalann*) Ich verfluche die Stunde meiner Geburt.
Kalann	Ich liebe dich so. Marie, versprich mir, dass du es nicht mehr politisch treibst und alle Wohltätigkeitsveranstaltungen für ausgediente Helden künftig besuchen wirst?
Marie	Und was ist deine Gegenleistung?
Kalann	Du trägst meinen Namen, Marie. Du bist die Frau eines angesehenen Offiziers, Marie.

Marie	Wann haben wir es das letzte Mal zusammen getrieben?! Nicht politisch. Physisch.
Kalann	Ich bin etwas erschöpft. Die Kniebeugen, stramme Waden, ach, Männerzeugs. Braucht euch Frauen nicht zu kümmern. Auf die geistige Beziehung kommt es an.
Marie	Ich strample gern mit dir.
Kalann	Marie, nicht jetzt.
Marie	Du kneifst. – Apropos, weshalb bist du JETZT zuhause? Solltest du nicht beim General sein? Hat er dich gefeuert? Nein, sag nichts! Ich ahne es. Kalann, du bist eine Pumpe. Die grösste Enttäuschung für mich. Als ich in weissem Kleid, mit weissem Schleier vor dir stand, ehrfurchtsvoll, mit zittrigen Knien, da hast du mir das Blaue vom Himmel versprochen. Und ich dumme Kuh hing begierig an deinen Lippen. Doch jetzt? Mein Lieber, deine Karriere ist in die Binsen gegangen. Muss mal ein richtiger Mann her, ein Mann wie ich, der dich lehrt, worauf es im Leben ankommt. Erfolg muss man haben, mein Lieber! Du, Kalann, scheinst zu dumm zu sein, um Erfolg zu haben. Also kehren wir die Schose mal um: ich strebe Erfolg an und du kuschst. Kalann, die roten Pumps und eine Davidoff.
Kalann	Kannst mir mal … (*Klingeln an der Wohnungstüre*) Erwartest du jemanden?
Marie	Bestimmt wieder einer deiner Saufkumpane. (*öffnet die Türe*)

Wunda	Wunda, mein Name. Ich geruhe, einen gewissen Herrn Kalann zu suchen. Sind meine Wenigkeit richtig, ihn hier zu suchen?
Marie	Sie meinen ihn dort.
Wunda	Ist er des Namens Kalann?
Marie	Ja.
Wunda	Dann such ich ihn. Es ist mir ein Vergnügen, ihnen gegenüber zu stehen, Kalann.
Kalann	Die Freude ist ganz meinerseits. Tschüss, ich verziehe mich in den Garten.
Wunda	Kalann, geben sie mir bitte die Ehre eines Gesprächs.
Kalann	Marie ist gescheiter als ich. Reden sie mit ihr. Sie ist der Chef.
Wunda	Mir ist es ein Bedürfnis, mit ihnen persönlich mich zu unterhalten.
Marie	Genüge ich ihnen nicht?! Verflucht sei die Stunde meiner Zeugung! Wäre ich ein Mann, würden sie mit mir sprechen wollen. Soviel ist klar.
Wunda	Mir steht der Sinn nach Herrn Kalann und nicht nach seiner Ehefrau.
Marie	Worum geht es? (*zu Kalann, der im Begriff ist, sich dünn zu machen*) Halt, hiergeblieben! (*sie pflanzt sich vor die Türe, die zum Garten führt und versperrt Kalann den Weg*)
Wunda	Thema ist die Entlassung des Herrn Kalann durch den General
Marie	Das geht sie nichts an! Wer sind sie überhaupt?!
Wunda	Das Volk muss informiert werden.

Marie	Damit die Leute mit Fingern auf uns zeigen?! Auch auf mich, die Frau, ach, der Pumpe Kalann!
Wunda	Gestatten eine Korrektur an ihrer Einschätzung des Herrn Kalann. Herr Kalann ist ein Held.
Marie	Kalann soll ein Held sein?! Du ein Held?!
Wunda	Der General ist ein Schweinehund, ehrliche Gesellen wie Kalann zu feuern.
Marie	Heikles Urteil. Auch ich habe mir überlegt, Kalann zu feuern. Dann habe ich mir überlegt, versuch es damit, ihn als Waschlappen zu gebrauchen. Im Grunde klingt es einleuchtend: der General ist ein Schweinehund, Kalann ein Held. Toll.
Wunda	Ich verdiente meine Sporen in der Werbung ab.
Marie	Na dann schreiben sie mal was Schönes über meinen Helden. Und in grossen Lettern darüber: SEINE FRAU IST MARIE KALANN!
Kalann	Ihr seid so gemein.
Marie	Kalann, du schweigst! Du wirst berühmt werden. Du bist ein Held. Und ich bin dein Coach und deine Beraterin. (*zu Wunda*) Als seine Beraterin mache ich sie darauf aufmerksam, dass jedes Wort aus seinem Mund einen Tausender kostet. Worte eines Helden sind etwas wert.
Wunda	Einen Tausender?! Gute Frau, über den konkreten Preis müssen wir uns noch ein wenig unterhalten.

Kalann	Jetzt will auch ich was sagen! Ich bin nicht gefeuert worden!
Marie	Kalann!
Wunda	Egal. Wir schreiben dennoch, dass sie gefeuert worden sind. Es soll ihr Schaden nicht sein. Sie werden reich und berühmt werden.
Marie	Er wird machen, was ich sage. Sie glauben, es funktioniert?
Wunda	Wenn wir schreiben, der General ist ein Schweinehund und hat den ehrlichen Kalann gefeuert, liegt der nächste Zug beim General. Die Leute sind empört. Ein Geschrei.
Marie	Das mit dem Schweinehund wird Paule gefallen. Doch stimmen tut es nicht.
Wunda	Es kommt ganz gross auf der ersten Seite. Später dann, wenn diese Empörung durch einen neuen Skandal abgelöst wird, lassen wir auf der letzten Seite, sehr klein, eine Gegendarstellung bringen, die niemand liest. Der General wird erledigt sein.
Marie	Ich habe nichts damit zu tun.
Wunda	Ihren werten Namen lassen wir aus dem Spiel. Wir erwähnen jedoch, dass diese himmelschreiende Ungerechtigkeit bloss dank der Aufmerksamkeit und der Nächstenliebe unseres hochwohlgeborenen von Lasendorf ausgekommen ist und ihm Dank gebührt, der sich in Stimmen für ihn zum Präsidenten ausdrücken soll.
Marie	Von Lasendorf?!!!

Wunda	Gestatten, die Dame, ich geruhe, seiner Hochwohlgeboren von Lasendorfs Sekretarius zu sein. Mein Auftrag lautet, den Weg seiner Hochwohlgeboren von Lasendorf zum Präsidentenamt zu ebnen. Kalann eignet sich treffend, aufgebauscht zu werden. Da kommen wir richtig in unser Element.
Kalann	(*nachäffend*) „Da kommen wir richtig in unser Element" (*wutentbrannt*) Kreuz-Blitz- und-Donnerwetter, raus!
Wunda	Wie kommen sie mir?! Wie kommt er mir? Dabei will ich ihm helfen. Von der grauen Maus zum Helden.
Kalann	Raus! (Wunda ab)
Marie	Weshalb bist du nicht bei der Arbeit?
Kalann	Männersache.
Marie	So.
Kalann	Ja. Ich gehe in den Garten. Höchste Zeit, die Beete umzustechen.
Marie	(*ins Publikum*) Als Frau muss man sich solches bieten lassen: Männersache!!! (*zieht die roten Pumps an*) Kalann ist übergeschnappt. Mattscheibe. Wir haben keinen Garten. Und dieser Plüschtrottel Wunda glaubt, dass von Lasendorf Präsident werden kann. Ich votiere für Kalann als Präsidenten!

Fünftes Bild

Parteizentrale

Marie, Paule

Marie	Sagt doch dieser Plüschtrottel von Wunda, mein Kalann eigene sich, aufgebauscht zu werden. Wenn aufgebauscht wird, dann muss Kalann Präsident werden, nicht dieser Lasendorf!
Paule	Stopfst du die Löcher in meinen Socken oder stopfst du sie nicht?
Marie	Lasendorf und sein Plüschtrottel – diese Arroganz!
Paule	Scharf beobachten. Ihre Verhaltensweisen kopieren. Sie mit ihren eigenen Waffen schlagen.
Marie	Paule!
Paule	Politik ist Männersache. Frauen kommen da nicht mit. Nun stopf mir schon meine Socken, Marie. Barfuss kann ich nicht zur Versammlung gehen.
Marie	Der Plüschtrottel bauscht eine Lüge über Kalann auf, damit Lasendorf Präsident werden soll. Wenn schon Kalann aufgebauscht wird, soll Kalann Präsident werden. Was meinst du dazu?
Paule	Klar, klar.
Marie	Ist er erst mal berühmt, haben wir leichtes Spiel.

Paule	Aber sicher. Wie steht es mit meinen Socken?!
Marie	Ich befehle Kalann, in die Partei einzutreten. Dann sind wir zumindest Sechs.
Paule	Nein, jetzt keinen Sex. Socken stopfen.
Marie	Kalann, du, Paule Kirsta, und wir vier Weiber. Ein Weib stopft Socken, ein Weib kocht, ein Weib wäscht die schmutzige Wäsche und ein Weib plättet die gewaschene Wäsche.
Paule	Vergiss die Kumpels nicht. Mindestens sieben Kumpels. Und es werden immer mehr. – Marie, ich flehe dich an, trödel nicht rum. Die Versammlung!
Marie	In der Spelunke zur alten Unke.
Paule	Ja und wenn schon! Eine Versammlung mit den Kumpels muss wo abgehalten werden. Halt in der Kneipe. Wo sonst?!
Marie	Sonnenklar! Hier deine Socken! Stopfe sie selber! (*In die Küche und die Waschküche hinein rufend*) Schwestern, der Vorsitzende Paule Kirsta nutzt uns aus. Ich beantrage, dass wir ihn als Vorsitzenden abwählen. Ich schlage mich als neue Vorsitzende vor.
3 Weiber	Einverstanden. Einverstanden. Einverstanden. Vorsitzende Marie Kalann, nimm unseren Segen.
Paule	Das könnt ihr nicht machen!!! Ihr spinnt!
Marie	Danke, Schwestern! Ich werde mich eures Vertrauens würdig erweisen. Marie Kalann wird es schon schaffen. Paule! (*sie weist auf ihren Schoss*) Mit Stenografier-Blick und

Bleistift! (*Paule setzt sich ihr auf den Schoss, sie nimmt ihm die Davidoff aus dem Mund und raucht sie selber*) Schreibe: Sao Salvador da Baia da todos os Santos, den 16. Juno 1473. Ungerechtigkeiten müssen gesühnt werden. Der General, der Schweinehund, hat den ehrlichen Kalann grundlos gefeuert. Von Lasendorf, der Schweinehund, wollte den General, den Schweinehund, verleumden und Profit daraus ziehen. Intrigen auf Kosten des ehrlichen Kalann. Bist du soweit, Paule?

Paule   … ehrlichen Kalann Punkt.

Marie   Ja, Punkt. Marie Kalann verhilft dem ehrlichen Kalann zu seinen Rechten. Deshalb, wählt Marie Kalann zur Präsidentin! Gezeichnet, Marie Kalann.

Paule   Du Präsidentin?

Marie   Dann bist du Tipse der Präsidentin. Das ist doch was, oder?! Da werden deine Kumpels staunen.

Paule   Du bist so gemein. Das hätte ich nie von dir erwartet, Marie.

Marie   Paule, Paule, ich bin nicht gemein. Ich habe den Durchblick und ich bin ehrgeizig. Das ist etwas anderes.

Paule   Was wird dein Kalann dazu sagen!

Marie   Kalann? Ach, wenn er mir die roten Pumps oder die Hausschuhe bringt, wird er jammern, du bist so gemein. Ich werde ihn unter dem Kinn kraulen und liebevoll sagen, Kalann, Grösse erfordert Opfer. Ich sehe nicht ein, weshalb er sich beschweren sollte, als Präsidentinnengemahl. Die Journalisten und Fotografen werden immer ganz besonders auf seine Garderobe achten, weil sie wegweisend für die Mode ist.

Sechstes Bild

Auf der Strasse

Poet, Wunda

Wunda   Euro Hochwohlgeboren, Herr Baron von Lasendorf, ich weiss nicht, wo mit der Kopf steht.

Poet   Was ist im Schopf los?!!!

Wunda   Der Herr Baron tragen das Hörrohr in der Hand. *(er wiederholt den Satz dreimal, jedes Mal lauter)* Der Herr Baron tragen das Hörrohr in der Hand. Der Herr Baron tragen das Hörrohr in der Hand. Der Herr Baron tragen das Hörrohr in der Hand.

Poet   Was schreit er so! Ich bin nicht schwerhörig.*(Wunda hält dem Poeten das Lorgnon, das dem Poeten an einer güldenen Kette hängt, vor die Augen und führt das Hörrohr zum Ohr vom Poeten, welche sich beider Gegenstände bemächtigt und Wunda abschüttelt)* Ach, unser lieber Wunda. Bonjour, Bonjour, lieber Wunda. Hat er gut geruht? Schweiss perlt auf seiner Stirne und glitzert wie Demanten.

Wunda   Herr Baron, euro Hochwohlgeboren …

Poet   Nenn er uns ab dato Augustin. Schlicht und einfach. Wir haben uns entschlossen, uns dem Volk anzunähern. Wir geben uns sehr gerne volkstümlich, weil es ulkig und amüsant ist. Zudem soll das Volk verrückt

	nach Aristokraten sein, die sich volkstümlich geben.
Wunda	Herr Ba … Entschuldigung: Augustin …
Poet	Wichtig ist der volkstümliche Gang. (*er geht ein paar Schritte*) Wirkt mein Gang volkstümlich?
Wunda	Augustin, …
Poet	Es ist entzückend, sich ohne Sänfte fortzubewegen und volkstümlich zu gehen, wie das Volk geht. Das Gehen auf dem Bürgersteig ist nicht ohne Gefahren. Kurz bevor wir uns begegnet sind, kam mir ein biederer Mann entgegen. Geht mir nicht aus dem Weg, verbeugt sich nicht. Macht keinen Kratzfuss, wie es sich gehört. Dieses liederliche Subjekt hat uns beinahe umgerannt. Wir, Augustin Clementius Koleopanus Baron von und zu Lasendorf wäre beinahe in den Dreck gefallen! Male er sich nicht aus, wie weit es mit dem Volk gekommen ist, wenn es seinen künftigen, den 38. Präsidenten – und erst noch aus dem Geblüt derer von und zu Lasendorf – in den Dreck stösst!
Wunda	Augustin, ….
Poet	Wir müssen den volkstümlichen Gang auf dem Bürgersteig üben, üben, üben …
Wunda	(*beiseite*) Wie sage ich es meinem Kinde? Dass unser Plan nicht funktioniert. Der General den Kalann nicht gefeuert hat. Der General ein Volksfest schmeisst und mit dem Volk ein Menuett tanzen, Gratisbier und Bratwürste verteilen wird.

Poet	Gratisbier und Bratwürste – wie gewöhnlich!
Wunda	Doch das Volk, ach, liebt gewöhnliche Dinge.
Poet	Wie geschmacklos.
Wunda	Das Volksfest ist in vollem Gang. Dort drüber auf der Wiese.
Poet	Das Volk aber rennt nach dahin, nicht nach dorthin. Und es schreit. Was schreit es.
Volk	Vae generalissimus. Vae generalissimus. Vae generalissimus. Vae generalissimus. Vae generalissimus. Vae generalissimus.
Wunda	Vae generalissimus.
Poet	Es verwünscht den General.
Wunda	Da steht einem gebildeten Menschen der Verstand still. Komm da einer mit. Der würdigste Mensch ist bereit, die Bürde einer Präsidentschaft auf sich zu nehmen und die Menscher toben.
Poet	Dort, dort, ein Individuum verteilt papierene Wische. Renn er hin und schnappe er sich einen dieser Wische. *(Wunda eilt hin und bringt ein Flugblatt zurück, reicht es dem Poeten)* Hier steht schwarz auf Weiss, dass der Kalann vom General gefeuert wurde.
Wunda	Erfrecht sich jemand, meinen Plan zu stehlen!
Poet	Ein Individuum des Namens Marie Kalann. Weiss er, ob es sich bei ihr um die neue Maîtresse des Präsidenten handelt?
Wunda	Nein, nein, Augustin. Es ist die Frau von Kalann. So ein Luder!

Poet	Unerhört! Diese liederlichen Subjekte wagen es sogar, uns, uns mit ihrem Geschreibsel zu verunglimpfen!
Wunda	Wir sind erledigt. Jetzt jubelt das Volk der Marie Kalann zu und sie werden nie und nimmer Präsident.
Poet	Trottel, denk er was!
Wunda	Mir fällt nichts ein.
Poet	Wer zuletzt lacht, lacht am besten. Marie Kalann hat mit diesem Geschreibsel genauso gemogelt, wie wir ursprünglich mogeln wollten. Das werden wir ihr unter die Nase reiben. Das Luder wird die Gunst des Volkes nicht behalten.
Volk	Vae Generalissimus, vae Generalissimus, vae Generalissimus! Vae Poeta, vae Poeta, vae Poeta!
Poet	Bald wird es heissen: vivat Poeta! Wo rennt das Volk jetzt schon wieder hin?!

Siebentes Bild

Garten

Hausbesitzer, Kalann, Marie Kalann, Paule, General, Helter, Trass, Wunda, Poet, Volk

Hausb.	Herr Kalann, Herr Kalann, mein schöner Rasen. Was fällt ihnen ein?!
Kalann	Ich steche um.
Hausb.	Sie dürfen nicht umstechen. Das ist mein Rasen!
Kalann	Ich habe keinen eigenen Rasen. Wo sonst soll ich umstechen? Ich muss umstechen.
Hausb.	Niemand muss müssen. Und schon gar nicht in meinem Rasen. Verschwinden sie, Herr Kalann. Ich werde sie für den Schaden haftbar machen.
Kalann	Herr Hausbesitzer, gewisse Zwänge sind unvermeidlich. Was ein richtiger Mann sein will, braucht stramme Waden. Stramme Waden bedürfen des Unterhalts. Deshalb muss ich umstechen. Das Umstechen unterhält die Waden. Ich werde hier eine Gemüsekultur anlegen. Gemüsekultur ist besser als Jogging oder Kniebeugen. Bedenken sie, Herr Hausbesitzer, was für ein Gewinn für sie, eine hübsche Gemüsekultur.
Hausb.	Unerhört! Ich hole die Polizei.

Kalann	Sobald ich genügend stramme Waden habe, werde ich wieder beim General Dienst leisten. Dann sind sie mich los.
Volk	*(aus der Ferne)* Vivat Kalann! Vivat Kalann! Vivat Kalann!
Hausb.	Was kommt da angerollt?!
Marie	*(an der Spitze des Volkes gehend)* Bringt sie dar, die Ovationen, dem Mann, der ehrlich ist und leidet.
Volk	Vivat Kalann! Vivat Kalann! Vivat Kalann!
Kalann	Sie müssen wissen, heute war das Fest des Generals. Das Volk meint bestimmt, ich hätte die Idee des Festes gehabt. Doch diese Idee ist nicht auf meinem Mist gewachsen. Bloss zufällig hatte ich dem General das Fest vorgeschlagen, weil ich mich derart in Kamerad Helter hineingedacht hatte und so seine Ideen entwickeln konnte. Dabei ist ein Generalsfest nicht nach meinem Geschmack.
Volk	Vivat Kalann! Vivat Kalann! Vivat Kalann!
Kalann	Peinlich, peinlich. Lasst mich auch mal was sagen. Ist ja nett, dass ihr so zahlreich gekommen seid. Es freut mich, dass euch das Fest des Generals gefällt. Die Idee dazu stammt von Kamerad Helter. Ihm gebührt euer Jubel. Ich habe nichts damit zu tun. Die Durchführung lag in den Händen von Kamerad Trass. Jubelt dem General und den Kameraden Helter und Trass zu.
General	*(von Zaungast zu Zaungast Helter)* Geh er, Helter, und halte Kalann den Mund zu.

	Schweigen soll er. Wir wollen kein Wort mehr von ihm hören.
Marie	(*zu Paule*) Typisch Kalann. Merkt wieder einmal nicht, worum es geht.
Kalann	Nun lasst mich in Ruhe. Ich muss umstechen. Meine Gemüsekultur muss schön werden. Dann werde ich stramme Waden haben. Ja, stramme Waden, die will ich. Genau so, wie Trass sie hat. Er dort.
Trass	Hatschi, hatschi.
General	Trass, benehme er sich nicht auffällig!
Trass	Was kann ich dafür?! Hatschi, hatschi.
Kalann	Bald werde ich ein richtiger Mann sein. Das wird eine Riesengaudi!
Volk	Vivat Kalann! Vivat Kalann! Vivat Kalann!
Marie	Lasst euch flüstern, ich, die Marie Kalann, war es, die euch den leidenden Kalann gegeben hat. Wem werdet ihr die Stimme geben, wenn es um die Präsidentschaft geht?
Paule	Niemand hört auf dich.
Marie	Sie müssen auf mich hören. Schliesslich will ich Präsidentin werden. Menscher, alle mal hergehört! Der Kalann …
Volk	Vivat Kalann. Vivat Kalann. Vivat Kalann.
Poet	Ein impertinentes Frauenzimmer.
Marie	Ich, Marie Kalann, bin die wahre Heldin …
Paule	Marie, es ist sinnlos. Sie sind nicht verrückt nach dir.
Kalann	Ich werde verrückt.
General	Kreuz-Blitz-und-Donnerwetter! Was haben wir falsch gemacht?

Helter	Der Poet ist ebenfalls aus dem Rennen. Die Marie Kalann ebenfalls. Wir alle schwimmen um das gleiche Boot herum.
Poet	Wir werden eine Ode verfassen, die die Wahrheit an den Tag bringen wird.
Kalann	Nun geht mal schön nachhause. Ich muss umstechen.
Volk	Vivat Kalann. Vivat Kalann. Vivat Kalann.
Hausb.	Jetzt zertrampeln diese Rhinozerösser mir den schönen Rasen. Kalann, sei's drum, stich den Rasen um, wenn du nicht anders kannst.
Kalann	Recht schönen Dank, Herr Hausbesitzer, das werde ich tun.

Achtes Bild

Parteibüro / Kommandoposten / Salon des Poeten

*Im Parteibüro: Marie, Paule / Auf dem Kommandoposten: General
Helter Trass / Im Salon: Poet und Wunda*

General	Kreuz-Blitz-und-Donnerwetter!
Poet	Harte Zeiten. Früher wäre so etwas nie möglich gewesen.
Marie	Ich verfluche die Stunde meiner Zeugung. Als Frau muss ich immer meinen Schwanz einziehen.
Paule	Wenn man keinen hat.
Helter	Spiegelein, Spiegelein an der Wand, wer ist der Beliebteste im ganzen Land, Herr General? Was belieben wir nun zu befehlen?
General	Spricht er im Pluralis majestatis?
Helter	Nicht doch, Herr General. Unter wir verstand ich uns alle.
General	Recht so! Form und Anstand sind auch in harten Zeiten zu wahren. Helter, lass er sich etwas einfallen!
Helter	Pfehl, Herr General!
Trass	Hatschi, hatschi.
Wunda	Kein Grund zur Melancholie, Herr Baron.
Poet	Augustin, wenn ich bitten darf. Sie wissen, wir haben uns volkstümlich angebiedert.
Wunda	Richtig. Augustin. Als Poet, Augustin, geniessen sie die Hochachtung des Volkes.

Poet	Ja, ja, die Dichtung! Früher wurde sie vom Volk verschlungen. Heute lohnt es kaum mehr zu dichten.
Paule	Frauen besitzen Waffen, mit denen Männer klar zu schlagen sind. Du bist eine Durchtriebene.
Marie	Ich habe weder pralle Brüste, noch einen üppigen Arsch. Jetzt beginne ich gleich zu heulen.
Paule	Spare dir deine Tränen für die Öffentlichkeit auf. Hier sind sie für die Katz. Geschickt ausgespielte Hilflosigkeit, appelliert an das Helfersyndrom der Leute.
Helter	Wir dekorieren ihre Heldenbrust mit noch mehr Orden. Herr General, das beeindruckt das Volk und sie werden die Gunst zurückgewinnen. Unter wir, Herr General, verstehe ich sie und mich gemeinsam.
General	Mangels Krieg habe ich noch nie eine Schlacht gewonnen. Noch nie einen Sieg errungen. Kreuz-Blitz-und-Donnerwetter!
Trass	Hatschi, hatschi.
Helter	Imagepflege, sage ich.
Poet	Er liefere mir eine Patentlösung, wie wir die Gunst des Volkes gewinnen.
Paule	Hänge dir einen Schaumgummibusen um und trage die Pullover eine Nummer zu klein.
Helter	Dass das Volk jubeln kann, wenn es will, haben wir gesehen.
Marie	Der Kalann ist mir im Weg.
Poet	Schwierig, schwierig.
Helter	Das Volk braucht Helden.

General	Es jubelt den falschen Männern zu.
Helter	Abwarten und Tee trinken. Das Volk ist wankelmütig.
Poet	Früher hingen die Menscher an unseren Lippen. Sie wussten, wer runde Brillengläser, ein Monokel oder einen Zwicker trägt, muss gescheit sein. Heute, wo die Menscher sich Brillen in allen nur erdenklichen Ausführungen auf die Nase setzen und damit herumstolzieren, fühlen sie sich selber klug.
Marie	Ich möchte mal ein so richtiger Vamp sein, eine Jean Harlow, in weissem Seidenkleid und weissem Pelz. So richtig strahlen. Den Leuten würden die Augen aus den Köpfen fallen. Sie würden mich anglotzen. Ich Jean Harlow und du Valentino, Rudy Valentino.
Paule	Dann fliegen die Leute auf mich anstatt auf dich.
Wunda	Wir lassen ihnen, Augustin, irgend einen Nobelpreis zusprechen!
Poet	Wofür, Wunda. Erkläre er sich.
Wunda	Literatur selbstverständlich. Zuerst geben wir ihre gesammelten Werke heraus. Auf Büttenpapier. Mit Goldschnitt. In Kalbsleder gebunden. Ihr Wappen eingeprägt, mit dem Krönchen. Adel zieht immer. Das Volk liebt Adel.
Poet	Wir haben bisher keine Zeile geschrieben. Das weiss er. Es war Teil unserer Abmachung, Wunda, dass er mir das Image verpasse, das das Volk betört. Er schwor mir, dass das Volk auf Poeten fliegt. Nun

	bin ich als Poet eine prominente Person. Er fand, ein poetisches Werk sei überflüssig. Hat er mir erst neulich wieder bestätigt.
Wunda	Niemand liest mehr Bücher. Man schenkt sie sich bloss noch und tapeziert damit die Wände.
General	Kreuz-Blitz-und-Donnerwetter! Wüstenpferde seid ihr, Wüstenpferde! Stellt mir endlich die Welt auf den Kopf. Unternehmen sie etwas, Herren Offiziere! Falls die Herren es noch nicht wissen, sie sind nicht in der Armee, um untätig herumzusitzen.
Trass	Hatschi, hatschi.
Marie	Wir drehen ein Remake eines Jean-Harlow-Films und ich spiele die Hauptrolle. Der Film wird einschlagen. Dann bin ich ein Star. Stars haben die Gunst des Volkes.
Poet	Diese Buhlerei um die Gunst des Volkes missfällt uns. Sie ist so gewöhnlich.
General	Entweder man hat sie oder man hat sie nicht, die Gunst des Volkes.
Helter	Wir, Herr General, haben sie.
Marie	Was du nicht sagst!
Helter	Aber bestimmt. Nur noch nicht direkt, oder noch nicht ganz in der Tasche oder wie immer sie es nennen wollen. Zur Zeit ist Kalann noch der glückliche Besitzer. Wir werden …
Paule	… Kalann kaufen und …
Wunda	… ist er nicht willig, so nehmen wir ihn uns mit …

54

General	… Gewalt! Helter, er ist ein kluger Kopf. Der erste Teil wird sich auf höchster Ebene abspielen.
Marie	Ich hab's zwar noch nie versucht. Doch mit etwas Schaumgummi. Schliesslich muss ich den Kalann ausstechen. Komm, hilf mir.

Marie und Paule beginnen, sie herauszuputzen. Der General und der Poet jagen je mit Gefolge davon.

Neuntes Bild

Garten

Kalann, Volk, General, Helter, Trass, Poet, Wunda

General	Kreuz-Blitz-und-Donnerwetter! Platz da! Menscher, wir müssen hier durch. Platz da! Wir kommen. Helter, ruf er, Platz da! Das ist seine Aufgabe.
Helter	Trass, ruf er, Platz da!
Trass	Hatschi, hatschi. Platz da!
Volk	Vae, vae.
General	Schöne Gemüsekultur hat er, Kalann.
Kalann	Latsche mir nicht mitten in die Karotten hinein, Tölpel. Tschuldigung, Herr General. Habe sie nicht sogleich erkannt.
General	(*zu Helter*) Wir bezirzen ihn. (*zu Kalann*) Wir loben ihn für seine strammen Waden.
Kalann	Noch arbeite ich daran. Stramm sind sie noch nicht.
General	Ja, ja, die Waden. Er ist undankbar. Wir loben ihn für seine strammen Waden. Da hat er nicht zu widersprechen. Stramme Waden sind ein Attribut der Männlichkeit. Kann er in jedem Lexikon nachlesen. Wenn wir die Gnade haben, ihm dieses Attribut zuzugestehen, hat er untertänigst dankbar zu sein.
Kalann	Ich bin doch nicht blöd. Meine Waden sind noch nicht genügend stramm. Wofür soll ich dankbar sein?!

Helter	(*flüsternd*) Von Lasendorf ist im Anmarsch. Eile ist angesagt.
General	Zur Sache. Führungsqualitäten hat er. Sein Auftreten ist mannhaft. Sein Urteil scharf. Sein Durchhaltewillen phänomenal. Er fällt Entscheide in der Einsamkeit. Er kennt die Einzelheiten und die Zusammenhänge. Er weiss Menscher zu führen. Er ist sich dessen, was er tut, bewusst. Wissbegierig. Seine Phantasie ist grenzenlos. Seine Pläne sind verblüffend. Seine Rede ist knapp, doch wirkungsvoll. Er ist ein Einzelgänger und tut doch dem Volk gut Beispiel geben. Er ist eine Führernatur, Kreuz-Blitz-und-Donnerwetter! Unser Mann!
Kalann	Ich komme zurück, sobald ich stramme Waden habe, Herr General.
General	Stramme Waden sind nicht alles.
Kalann	Haben sie ihre Meinung gewechselt, Herr General?
Helter	(*flüsternd*) Der Poet.
General	Wagt er es, mir vorzuwerfen, wenn ich gescheiter werde?! Komme er zurück zu uns auf den Kommandoposten. Versehe dort seinen wertvollen Dienst fürs Vaterland.
Kalann	Ich bin stur. Ich habe mir nun mal in den Kopf gesetzt, zuerst stramme Waden zu kriegen.
Poet	Er, Wunda, hat mir geschworen, wir würden die ersten im Garten des Kalann sein.

Wunda	Augustin, gestatten sie die Bemerkung, dass ich meinen Schwur getan, bevor ich wusste, dass sie, Augustin, sich nicht zu Fuss hierher begeben würden, aber in ihrer Sänfte wünschten, hierher getragen zu werden.
Poet	Fussmärsche finden nicht unser Gefallen. Halt. Die letzten Schritte zu Fuss. Die Menscher müssen sehen, wie volkstümlich wird sind.
Helter	Rasches Handeln ist angesagt. Kaufen sie ihn für eine Unsumme.
General	(zu Helter) Kluges Köpfchen! (zu Kalann) Ich kaufe ihn!
Helter	Ächz, stöhn!
General	Wieviel kostet er? Sag er es schon! Nenn er eine Summe. Jeder vernünftige Mensch in untergeordneter Stellung ist käuflich. Starr er uns nicht mit diesem blöden Blick an! Ich biete für ihn als Kaufpreis ein Pferd und Hafer für ein Jahr!
Wunda	Bieten sie mit.
Poet	Ich biete meine Sänfte – als Dreingabe zu dem köstlichen Ding auch die sieben Sklaven, die die herrlichsten Sänftenträger weit und breit sind.
Volk	Buuu, buuu, buuu!
Poet	Meine Sänfte, sieben Sklaven und zwei Pferde samt Hafer für zwei Jahre.
General	(flüsternd zu Helter(Haben wir drei Pferde? (Helter nickt) Drei Pferde und Hafer für drei Jahre.

Kalann	Kreuz-Blitz-und-Donnerwetter! Trampelt mir gefälligst nicht auf meinen Karotten herum!
General	Empörend, dieser unverschämte Mensch! Eignet sich mein Vokabular an!
Helter	(*flüsternd zum General*) Wir müssen mehr bieten. (*zu Trass*) Geh er und zähle unsere Pferde!
Trass	Hatschi, hatschi. Drei und fünf.
Helter	Das macht zusammen?
Trass	Ich habe stramme Waden, doch mit dem Rechnen hapert es ein wenig. Hatschi, hatschi.
Helter	Rechne er!
Trass	Eine Zahl unter Zehn, nehme ich an.
Helter	Zum Teufel mit dem strammen Waden!
General	Wieviele Pferde haben wir?
Helter	Drei und fünf, Herr General!
General	Fünfunddreissig Pferde und Hafer für fünfunddreissig Jahre!
Trass	Hatschi, hatschi. Soviel ergibt drei und fünf mit Bestimmtheit nicht.
Helter	Nimmt Kalann an, ist unser Ruf ruiniert!
General	Hohoho, der Poet und seine Clique sind sprachlos.
Helter	Herr General werden ebenfalls sprachlos sein, wenn er erfährt, dass er so viele Pferde geboten hat, wie wir nicht haben.
General	Soweit wird es nicht kommen. Er hat mir gesagt, wir hätten fünfunddreissig Pferde.
Helter	Herr General gestatten, das habe ich nie gesagt.

General	Keine Widerrede oder er kann sich als entlassen betrachten.
Helter	Trass, du bist entlassen. Mit Schimpf und Schande aus der Armee gejagt. Tschüss, mach's gut. Warst ein treuer Kamerad. Hat nicht sein sollen, dass wir Seit an Seit im Feld fallen.
Trass	Erspar dir dein Gesülze! Endlich bin ich ein freier Mann (*will gehen*)
General	Kalann, was sagt er zu meinem Gebot?! Da staunt er, wie?! Helter, wiederhole er mein Angebot!
Helter	Trass, biete fünfunddreissig Pferde und Hafer für fünfunddreissig Jahre.
Trass	Scheisse, wieder nichts mit der Freiheit! Kalann, du bist ein Idiot. An fünfunddreissig Pferde kommst du nicht so schnell wieder ran. Die Pferde kannst du verkaufen. Dir dafür einen Traktor kaufen und Benzin für den Rest deines Lebens. Das Geld reicht erst noch für wöchentlich einen Besuch im Puff. Da gibt es Weiber mit so prallen Brüsten. (*er geht zu Kalann, flüstert ihm etwas ins Ohr, worauf beide kichern*)
Poet	In Gegenwart von anderen zu flüstern, verstösst gegen jeglichen Anstand.
Kalann	Ich und bestechlich!!!!
Volk	Ridere, rido, risi, risus.
Kalann	Herr General, sobald ich stramme Waden habe, bin ich wieder ihr Mann.
General	Wir brauchen ihn aber jetzt, Kreuz-Blitz-und-Donnerwetter! Er ist unser Mann. Mit

	ihm wollen wir die Präsidentschaftswahlen gewinnen.
Wunda	Augustin, so sehr es mir widerstrebt, hier hilft nur noch rohe Gewalt. Wir werden Kalann entführen.
Poet	Was nähert sich dort, dort aus der Masse?! Das impertinente Frauenzimmer! Anmassend elegant aufgetakelt.
General	Komm er, Kalann, in unsere Arme! (*Kalann macht keine Anstalten sich zum General zu bewegen*)
Volk	Vivat Kalann! Vivat Kalann! Vivat Kalann!
General	Sollte die Höhe unseres Angebotes ihn irritieren, sind wir durchaus bereit, ihm entgegenzukommen und das Angebot zu reduzieren. Drei und fünf Pferde mit Hafer für drei und fünf Jahre, zum Beispiel.
Kalann	Nix zu machen, Herr General. Da sind sie an den Falschen geraten. Ich bin so stur wie sie.
General	Wüstenpferd!
Marie	Ist die Auktion bereits vorüber. Ich beklage das Schicksal der Frauen. Takeln sie sich auf, um der Männerwelt die Köpfe zu verdrehen, kommen sie prompt zu spät. Ich verfluche die Stunde meiner Zeugung!
Paule	Wem ist der Kalann zugeschlagen?
Volk	Vivat Kalann! Vivat Kalann! Vivat Kalann!
Paule	Ich vermute …
Marie	Zum Glück haben wir nicht mitgeboten! Ich hätte es mir denken können. Kalann ist so blöd und macht sich nichts aus dem Besitz von Dingen.

Zehntes Bild

Garten

Marie, Kalann, Volk

Marie	Stramme Waden hast du, Kalann, stramme Waden.
Kalann	Davon versteht ihr Frauen nichts.
Marie	Richtig. (*Kalann schaut sie erstaunt an*)
Kalann	Jetzt hättest du sagen müssen, ich verfluche die Stunde meiner Zeugung.
Marie	Ich habe vieles bedacht. Ich muss mein Leben ändern.
Kalann	Ich auch. Und ich habe mich geändert. Jetzt sage ich, ich verfluche die Stunde deiner Zeugung. Was du mir eingebrockt hast, ist so gemein. Ich will in Ruhe im Garten arbeiten. Du schickst mir das ganze Volk. Und das Volk zertrampelt meine Karotten. So gemein!
Marie	Der Paule und ich, Marie Kalann, haben eine Villa gekauft.
Kalann	Du lenkst ab.
Marie	Ich habe meine Strategie. Ich sehe durchaus ein, dass ich einen Fehler gemacht habe.
Kalann	Mach, dass das Volk verschwindet.
Marie	Vergiss das Volk. Die Villa von Paule und mir, Marie Kalann, hat ein Atrium.
Kalann	Marie, Villen und solcher Scheiss haben mich noch nie interessiert. Wohnungen sind bequemer. In Villen benötigst du

	Dienstboten. Ein grosses Haus bedeutet unnötige Umtriebe. Marie, begreife endlich, dein Kalann ist ein Spiesser.
Marie	Das Atrium eignet sich für Gemüsekulturen.
Kalann	Tatsächlich?
Marie	Abgeschirmt vom Volk.
Kalann	Verstehe. Dann macht es klick und die Falle schnappt zu. Nein, nein, der Kalann ist zwar ein Spiesser und Durchschnitt, doch dumm ist er nicht. Stehe mir bitte nicht mitten in meinen Karotten. Gemüsesuppe ohne Karotten ist keine Gemüsesuppe.
Marie	Entschuldige! Lieber Kalann, Paule und ich haben uns entschlossen, dich zum Ehrenvorsitzenden zu ernennen. Das ist keine Falle. Es ist eine Ehre. Du bekommst den Schlüssel des Ehrenvorsitzenden. Der Schlüssel ist sooooo gross und aus reinem Gold. Von wegen eingeschlossen, in einer Falle!!!
Kalann	Hältst du mich für blöd. Für ein normales Schloss einen sooo grossen Schlüssel!
Marie	Bin ich erst Präsidentin, kannst du jeden Tag am Tisch der Präsidentin frühstücken. In der Oper in der Präsidentinnenloge sitzen und huldvoll dem Volk im Parkett zuwinken. Der Präsidentinnen-Jet steht dir jederzeit zur Verfügung, wenn ich nicht gerade auf Staatsbesuch bin. – Sag mal, hörst du mir überhaupt zu?! (*sie beginnt fassungslos zu heulen*) Huuu, huuu, huuu. Ich bin ein armes Huschelchen, dem der

Mann nicht zuhört. Ich bin hilflos, schutzlos, kopflos, brustlos. Wo ist der Mann, mein Beschützer?!!! – Zieht auch diese Tour nicht?! *(sie packt ihn)* Komm mit, keine Zicken! *(er beisst sie ins Handgelenk)* Au! Beissen ist weibisch. Bloss Weiber beissen! Du bist so gemein und undankbar. Ich lege dir die Welt zu Füssen, doch du … *(ab)*

Elftes Bild

Garten

Kalann, Helter, Wunda, Paule, Volk

Kalann arbeitet im Garten. Helter kommt angeschlichen mit einer Zwangsjacke, Wunda von einer anderen Seite mit Handschellen und Ketten, und Paule von einer noch anderen Seite mit einem Seil und einem Hammer. Kaum nehmen sie sich gegenseitig wahr, tun sie so, als ob sie lustvoll spazierten und gucken fröhliche Melodien pfeifend in die Luft, konversieren überaus höflich, ein Sonntagsspaziergang.

Wunda	Wunderbares Wetter heute.
Helter	Einfach herrlich. Da zieht es einen raus.
Wunda	Obwohl, für Juno, der sonst wunderbar ist, noch etwas kühl.
Helter	Wie wahr, wie wahr.
Wunda	Sind sie ebenfalls mit dem Altersausweis für die wunderbare Hälfte hier hinaus gefahren?
Helter	Mit dem Jugendausweis, wenn ich bitten darf.
Wunda	Ausweise sind ein wunderbares Geschenk des Himmels!
Helter	Für unsere Erben. Sie lachen sich ins Fäustchen.
Wunda	Mein Alterssparkonto schwillt an. Den Erben werde ich nichts hinterlassen. Ich haue auf die Pauke. Wunderbar!
Helter	Herrlich, diese Gemüsekultur.

Wunda	Wunderbar!
Helter	Hallo, Kalann.
Kalann	Hallo, Helter.
Wunda	Wünsche einen wunderbaren Tag gehabt zu haben, Herr Kalann.
Kalann	Guten Tag, Herr … Herrjeh, ihr Name ist mir just entfallen.
Wunda	Keine Ursache, keine Ursache. Eine Augenweide, ihre Karotten. Der Duft des frisch zubereiteten Gerichts steigt mir beim Gedanken daran wunderbar in meine Nase. Ihr Walten hier ist wunderbar.
Kalann	„Wunderbar"!!!
Wunda	Sie, Herr Kalann, sind wunderbar. Treten sie näher. Nahe ran zu mir. Dann wird sich alles wie von selber wunderbar ergeben.
Helter	Echt fies, den Kalann, der nicht so hell auf der Platte ist, reinlegen zu wollen. Wunderbar!
Wunda	Dein Chef ist noch fieser als meiner.
Helter	Nein! Deiner ist fieser! Meiner ist klug. Ich liefere ihm die Ideen.
Wunda	Schau, schau, schau! Die Idee, dass dir der Kalann einfach so in die Zwangsjacke reinspaziert, kann nur auf dem Mist eines stinkenden Misthaufens wachsen.
Helter	Ich fordere sie zum Duell! Säbel oder Pistolen?
Wunda	Du meine liebe Güte. Ich habe sowohl meinen Säbel als auch meine Pistole zu Hause gelassen. Wie wäre, verehrter Herr, wenn wir uns gegenseitig anrotzten.

Fünfeinhalb Fuss Abstand. Kalann, messe
er fünfeinhalb Fuss ab.

*Kalann misst den Abstand ab und weist jedem der beiden seinen
Platz zu. Helter und Wunda spucken und rotzen sich an. Das
Spektakel zieht Volk an.*

Volk	Habeamus gaudium! Habeamus gaudium! Habeamus gaudium!
Helter	Das hast du für den Miststock! Den stinkenden Miststock!
Wunda	Daneben, daneben, daneben! Ich spucke besser.
Helter	Ich spucke besser als du.
Wunda	Ich spucke besser als du.
Helter	Wäre doch gelacht.
Wunda	Aber bestimmt wäre es gelacht.
Volk 1	Dürfte ich den Herrn Kalann um ein Autogramm bitten. Mit persönlicher Widmung, bitte. Hier: Herzlich für Tomasina Brimburi … und dann ihr Name, Herr Kalann! Ich hab's, ich hab's! Sie sind ein Schatz, Herr Kalann.
Volk 2	Können sie mir bitte zwanzig solcher Autogramme geben! *(wendet sich dem hinter ihm stehenden zu)* Ein sicherer Wert. Steigt wahnsinnig im Wert, an der Autogrammbörse. *(zu Kalann)* Danke.
Volk 3	Einmal nur Kalann berühren! Welche Farbe Unterhosen tragen sie?
Volk 4	Ich bin vom Fan-Club Buxtehude. Kann ich dem Fan-Club eine Message von dir übermitteln.

Kalann	Weg da, weg da! Ich muss den Blumenkohl wässern. (*er weist zu Helter und Wunda, die sich noch immer „duellieren"*) Dort ist der Zirkus!
Paule	(*rennt keuchend heran*) Wo ist der Kalann?

Paule rennt zu Kalann, holt mit dem Hammer aus. Helter und Wunda gehen dazwischen, Wunda bekommt den Hammer von Paule auf den Kopf. Helter legt Paule die Handschellen an. Die drei Männer gehen zu Boden und winden sich im Dreck.

Kalann	Halt, halt, halt, mein schöner Fenchel! Wenn er Schaden nimmt, wehe euch!
Volk	Vivat Kalann! Vivat Kalann! Vivat Kalann.
Wunda	Unsere Mission ist …
Helter	… in die Hose gegangen!
Kalann	Nichts als Seifenblasen! Irrlichtern kurz in der Luft. Blubb blubb blubb – und vorüber ist's!

Zwölftes Bild

Parteibüro

Marie, Paule

Marie sitzt am Schreibtisch und schreibt. Paule kommt zurück ins Parteibüro. Er trägt Handschellen. Marie schaut kurz auf.

Marie	Schwester Paule, weg mit den Handschellen! Wir spielen hier nicht Räuber und Polizist.
Paule	Ich kriege die Dinger nicht weg.
Marie	So, wie man reingekommen ist, kommt man auch wieder raus. Geh, renne zum Supermarket und bringe mir 50 Davidoff-Zigarren und eine Flasche Jack Daniels.
Paule	Verdammt! Ob Helter oder Wunda den Schlüssel zu diesem Dings-da hat?! Sie haben mir das Seil geklaut. Und den Hammer!
Marie	Troll dich! 50 Davidoffs und einen Jack Daniels.
Paule	Ich gehe ja schon. Bis du überhaupt nicht neugierig darauf zu erfahren, wie es gelaufen ist. Sie sind so gemein!
Marie	Hättest du, Schwester Paule, es geschafft, dir den Kalann zu schnappen, würde ich es sehen. Der Rest ist mir egal. Ich muss ein neues Konzept ausarbeiten. Weil du jämmerlich versagt hast. Lass mich in Ruhe.

	Ab, in den Supermarket. Ach, brauchst du Geld? Hier. Nun gehe schon.
Paule	Es ist so: ich habe die Nase voll! Marie, ich mache nicht mehr mit. Kein liebes Wort. Immer dieser Tabakqualm. Nein, Marie, das ist kein Leben. So geht es nicht. Und dass du mich zu allem Überfluss Schwester Paule rufst! Ja, ja, ich weiss schon: nachdem du die Verbrüderung überwunden hast, ist Verschwesterung angesagt. Anständig ist das nicht. Wo bleibt die Korrektheit. Klar, alle Menschen sind Brüder.
Marie	Quatsch, Schwestern!
Paule	Seit du dir in den Kopf gesetzt hast, das System auf den Kopf zu stellen und Präsidentin zu werden, bist du unmöglich. Tipse der Präsidentin, was ist das schon?! Als ich noch Parteivorsitzender gewesen war, da hatten wir es gemütlich. Klar, alle haben über uns gelacht. Doch wir haben uns tapfer geschlagen. Doch jetzt, du bist eine Furie und alle fürchten dich! Schau, was bringt es letztlich, wenn wir an die Macht kommen. Dann sind wir die Arschlöcher, die alles falsch machen. Willst du das?! Das Gerangel um die Macht ist mir zuwider. Marie, du wirst auf mich verzichten müssen. Dass du mich entmachtet hast, verzeihe ich dir. Dass du unsere Partei zu Schanden führst, dass sie sich gewöhnlich mit Generälen und Poeten messen muss, das stösst mir auf. Ich würge daran, Marie. Mein Bündel ist gepackt. Es

	ist nicht schwer zu tragen. Und jetzt, Paule, etwas Würde! Der Ex-Vorsitzende Paule Kirsta schleicht sich nicht den Wänden entlang raus. Nein. Er schreitet hoch erhobenen Hauptes, mit geschwellter Brust mitten durch den Raum von dannen und würdigt dich, Marie Kalann, keines Blickes mehr.
Marie	(*die ihm nicht zugehört hat*) Paule, ich hab's! Hör es dir an! (*sie schaut auf*) Aber Paule! Im Supermarket werden sie dich auslachen. Heute geht man nicht mehr mit einem an einem Stecken hängenden karierten Taschentuch einkaufen. Für einen Batzen bekommst du eine Plastiktüte. Nun, mein Plan! Komm her, kusch kusch, setz dich auf meine Knie, Paule-Päulchen. Ranzig? Kussi-Kussi, alles ist wieder gut. Höre gut zu. Und antworte, wenn gefragt. Wenn zwei sich um einen Apfel streiten.
Paule	Freut sich der Dritte.
Marie	Wann kann die Dritte sich am meisten freuen?
Paule	Schwierige Frage. Die beiden Streithähne – poing, poing, poing, poing! Halt. Ich hab's! Wenn die beiden sich im Dreck wälzen, rollt der Apfel davon und wir können uns den Kalann schnappen.
Marie	Paule! Die Dritte hätte zwar den Apfel. Doch die beiden Streithähne würden aufhören, sich zu streiten. Sie würden vor keiner Niederträchtigkeit zurückschrecken, um mir den Apfel zu stehlen.

73

Paule	Den Apfel gleich verschlingen.
Marie	Den Kalann?!
Paule	Er ist zäh.
Marie	Fresse ich ihn, wird er im Nu zum Märtyrer. Keine gute Idee. (*das Telefon klingelt*) Du meine Güte! Falls der Präsident jetzt plötzlich gestorben oder abgehauen ist, stehen wir wie der Esel am Berg! (*sie beantwortet den Anruf mit verstellter Stimme*) Hier Sekretariat der Präsidentschaftskandidatin Marie Kalann, Paule Kirsta. (*mit normaler Stimme*) Schon gut. (*hängt auf*) Pumpe, falsch verbunden.
Paule	Du bist so gemein. Machst dich lustig über mich. In aller Öffentlichkeit.
Marie	Nimmst du im Ernst an, ich als Präsidentschaftskandidatin beantworte Telefonanrufe selber?! Du hast keine Anstalten gemacht, ans Telefon zu hüpfen. Zurück zum Apfel. Die Dritte will sich freuen. Sie kann sich freuen, wenn der Kampf sich nicht gelohnt hat. Wenn der Apfel faul ist.
Paule	Wir machen aus Kalann einen faulen Zauber namens Kalann.

Dreizehntes Bild

Auf der Strasse

Marie, Paule, Volk

Marie, als Marktschreierin, stellt eine Bockleiter auf und steigt hinauf, um gehört zu werden.

Marie	Ich, Marie Kalann …
Paule	Beginne nicht mit deinem Namen. Sie nehmen dich nicht ernst. Beginne mit dem Helden, bis das Volk elektrisiert ist, und juble ihnen dann erst deinen Namen runter.
Marie	Der Held Kalann …
Paule	Lauter!
Marie	Der Held Kalann wird heute um Fünf …
Volk 1	Obacht, es könnten Werbeleute sein, die sich unseren bewunderten, den einmaligen Kalann unter den Nagel reissen, um uns dann ihr Scheiss-Produkt runterzujubeln.
Volk 2	Den Helden Kalann missbrauchen!!!
Paule	Lass dich nicht unterbrechen. Laut, lauter, am Lautesten!
Marie	Der Held Kalann wir heute um Fünf hier erscheinen und er hat mich …
Volk	Vivat Kalann! Vivat Kalann! Vivat Kalann! Vivat Kalann!
Marie	Liebes Volk … Liebes Volk … Liebes Volk … Der Kalann …
Volk	Vivat Kalann! Vivat Kalann! Vivat Kalann! Vivat Kalann!

Paule	Brüllen sie, schliessen sich ihre Ohren. Vielleicht hören sie dir zu, wenn du über Wirtschaftskriminelle wetterst.
Marie	Liebes Volk, unser Held Kalann ist bedroht durch Wirtschaftskriminelle, die ...
Volk	Quod? Quod? Quod? Quod?
Marie	In unserer Mitte tummeln sich Männer mit weissen Westen, nicht selten umjubelt, die in Wirklichkeit Schandflecken unserer Gesellschaft sind: Schmarotzer, Blutsauger, kurz: Wirtschaftskriminelle.
Volk	Nobis non interest! Nobis non interest! Nobis non interest! Nobis non interest!
Paule	Jetzt latschen diese Trottel wieder weg! Sprich über Steuerhinterziehung.
Marie	Lasst uns unsere Augen nicht vor der Tatsache verschliessen, dass wir alle Steuerzahler sind. Auch unser Held Kalann. Damit wird der Held zum zumindest potenziellen Steuerhinterzieher und könnte so über seine dunklen Machenschaften stolpern. Diese Gestalten, die ihre Feste auf Kosten der Allgemeinheit feiern.
Paule	Kein Schwein will etwas davon wissen. Jeder heckt Pläne aus, um bei günstiger Gelegenheit selber dies und das zu verwedeln. Anarchismus!
Marie	Unser Held Kalann ist so etwas von abgedreht. Wer garantiert, dass nicht auch er auf Umsturz sinnt mit anarchistischen Ideen! *(zu Paule)* Zieht auch nicht.
Paule	Jeder ist gerne ein kleiner Anarchist. Mir fällt nichts mehr ein.

Marie	Ist der Volksheld nicht einmal dazu nütz, die Aufmerksamkeit des Volkes zu erregen?! Wenn du mich fragst, was ist an Kalann schon Besonderes dran!

Marie spricht vertraulich zu Paule. Das Volk nähert sich und versucht aufzuschnappen, was Marie leise spricht.

Marie	Er hat nicht einmal stramme Waden. Deshalb bemüht er sich so darum, endlich stramme Waden zu kriegen.
Paule	Du hast keine prallen Brüste.
Marie	Irgendetwas an ihm habe ich schon gemocht. Vielleicht war es auch bloss die Verwirklichung des Jungmädchentraums gewesen, im weissen Brautkleid … Ich mochte ihn echt. Vielleicht waren es seine Augen. Inzwischen nerven mich sein stierer Blick und seine Verzagtheit.
Volk 1	Man hört ja kaum, was sie reden.
Volk 2	Lauter, lauter!
Volk 3	Hat sie in weiss geheiratet? Sagt sie doch, oder?
Paule	(*raunt Marie zu)* Jetzt sind sie ganz Ohr. Erzähle irgendeinen Quatsch.
Marie	Was denn?
Paule	Sage, Kalann ist schwul.
Marie	Dann ist er erst recht ihr Held. Sie flippen auf Minderheiten.
Volk 1	Gemein, wenn sie flüstern bekommt man überhaupt nichts mehr mit.
Volk 2	Schschsch!

Volk 3	Wir haben ein Recht darauf, alles über Kalann zu erfahren.
Paule	Los, los.
Marie	Gggggguuguguuut. Iiiiiich wooooolllltte sagen, dass der Kalann mich vernachlässigt. Er behandelt mich wie Luft. Das ist emotionaler Missbrauch. Ich muss mich von ihm scheiden lassen. Der Gedanke schon an Scheidung treibt mir die Tränen in die Augen, zerbricht mein Herz. Muss ich, weh, als arme, verlassene Frau meine alten Tage fristen?!! Bin ich verdammt zu einem solchen Schicksal. Können sie fühlen, wie ich mich fühle? Ja, fühlen sie mal. Geben sie mir ihre Hand. Ja, so, ihre Hand auf meiner Brust. Jetzt fühlen sie es. Das ist die Wahrheit. Mein Herz bummert und bummert. Bumm, bumm, bumm. Wes das Herz voll ist, läuft der Mund über. Wenn sie mich fragen, ist einer, der bloss auf pralle Brüste und knackige Ärsche schaut, ein Hurenbock und garantiert kein Held! Ich Ärmste.
Volk	Immaculata. Immaculata. Immaculata. Immaculata.
Paule	(*zieht Marie von der Bockleiter runter*) Geschafft! Jetzt haben wir den Kalann zum Hurenbock gemacht.
Marie	(*lacht*) Der Kalann und Hurenbock?! Er schaut bloss seinem Gemüse und seinem Gärtchen nach. Sonst sieht er nichts.

Paule

Hauptsache, der Apfel ist verfault. Wenn bloss der General und der Poet nicht zu rasch Wind davon kriegen.

Vierzehntes Bild

Garten

Kalann, Trass, Paule, Marie, Volk

Trass	Hatschi, hatschi.
Kalann	Hast du schon wieder abgedeckt geschlafen?
Trass	Och, bloss ein Bisschen. Hatschi, hatschi.
Kalann	Du bist mir einer, mei, mei!
Trass	Du mir aber auch.
Kalann	Wie meinst du das?
Trass	*(zeigt auf das Volk)* Da! Die Matrabank hat für ihre Angestellten in der Mittagspause einen Bus-Service eingerichtet, damit sie dich bestaunen können. Auf den Bierhumpen in der Schenke um die Ecke ist dein Konterfei. Die Regierung benennt einen Platz nach dir.
Kalann	So doof!
Trass	Du bist nun mal in Mode. Ist etwas in Mode, tanzt jeder das angesagte Menuett mit. Da können die Regierung und die höchsten Kreise es sich nicht leisten, nach wie vor auf ihrer Gavotte zu beharren. Hatschi, hatschi.
Kalann	Wahnsinn.
Trass	Hatschi, hatschi. Die Menschen sind verrückt.
Kalann	So verrückt werden sie wohl nicht sein, dass man ihnen nicht den Kopf wieder

	zurechtrücken könnte. Hol den Schraubenzieher.
Trass	Du bist in praktischen Dingen eine Niete, Kalann. Hatschi, hatschi. Selbst wenn du mit dem Schraubenzieher herumfuchtelst, sind die Menschen nicht weniger verrückt.
Kalann	Wenn ich beim Fernseher einmal mit dem Griff heftig draufhaue, kommt das Bild wieder. In der Regel. Mal sehen, ob das bei den Menschen ebenfalls funktioniert.
Trass	Wenn der Spektakel vorüber ist, kommst du wieder zum General? Hatschi, hatschi.
Kalann	Es hängt nicht vom Spektakel ab. Sobald ich stramme Waden habe, bin ich wieder dabei.
Trass	Hatschi, hatschi. Ich freue mich. Mir dir war es immer so gemütlich gewesen. Was haben wir nicht zusammen gesoffen!!!
Kalann	Obwohl …
Trass	Hatschi, hatschi. Was ist?
Kalann	Meine Waden sind bereits stramm. Ist mir nicht eingefallen, dass ich mich wieder beim General melden könnte. Ich stehe nun mal auf meine Gemüsekultur. Sie ist mir ans Herz gewachsen. Gemüsesuppe ist mein Lieblingsessen. Bevor ich nicht die erste Gemüsesuppe mit ganz vielen Gemüsen aus eigener Zucht gegessen habe, werde ich nicht zum General zurückgehen.
Trass	Hatschi, hatschi. Ich sehe. Bei dir reicht eine Gemüsesuppe und du trittst weg.
Kalann	Dann dieses Gerangel um die Präsidentschaft. Kotzt mich an. Wenn alles vorüber ist, dann …

Trass	Ist schon vorüber. Beinahe.
Kalann	Davon merke ich nichts.
Trass	Der Präsident tritt nicht zurück.
Kalann	Zuvor hattest du mit Bestimmtheit behauptet, er tritt zurück. Dass er mit seiner neuen Geliebten sein Geld in Monte Carlo verprassen wolle.
Trass	Hatschi, hatschi. Es ist so ... Wie soll ich sagen? Ich habe ihm die Geliebte weggeschnappt. Mit ihr bloss etwas gestrampelt. Dabei ist die Bettdecke verrutscht. Daher ... Hatschi, hatschi. Nun will er wieder unbedingt Präsident bleiben. Verschanzt sich hinter seinem Schreibtisch und hält Reden.
Kalann	Wie ist die Ex-Geliebte des Präsidenten?
Trass	Pralle Brüste, knackiger Arsch ... Sie hat sogar eine neue Daunendecke angeschafft, die nicht mehr rutscht. Bald wird's mit der Erkältung vorüber sein. Du, ich muss. Schaue später wieder mal vorbei. (*ab*)
Kalann	Tschüss. Meinetwegen müsstest du nicht gehen. (*schaut auf und erblick Marie*) Ach, du bist da. Da begreife ich, dass der Trass reissaus genommen hat.
Marie	In welcher Richtung ist Westen?
Kalann	Da.
Marie	(*spuckt fünfmal in Richtung Westen*) Weg! Weg! Weg! Weg! Weg! Kalann, du Hurenbock, jetzt sind wir geschieden. (*zu Paule*) Paule, hast du protokolliert? Ich habe fünfmal gespuckt und fünfmal weg gerufen. Die Scheidung ist perfekt. Jetzt

machen wir noch ein Foto. Ich werfe mich nochmals in Pose, als ob ich spucken würde. Für die Presse, du verstehst, Kalann. Das Ganze hat nichts mit dir zu tun. Es geht um die hohe Politik. Dazu muss ich von dir geschieden sein, weil wir dich zum Hurenbock erklärt haben und die künftige Präsidentin unbedingt nicht mit einem Hurenbock verheiratet sein kann.

Kalann   Hahaha! Alles für die Katz. Der Präsident tritt nicht zurück.

Marie   Was willst du als Hurenbock von Politik verstehen?!

Volk   Vivat Kalann! Vivat Kalann! Vivat Kalann! Vivat Kalann!

Marie   Halt, halt, halt! Der neue Text heisst „vae Hurenbock Kalann!". Wird's schon?! Vae Hurenbock Kalann!

Volk   Vivat Kalann!

Marie und Paule entfernen sich. Das Volk hinterher, Vae-Vae-Vae skandierend.

Fünfzehntes Bild

Parteibüro

Marie, Paule

Von draussen zuerst viele, dann vereinzelte Vae-Vae-Rufe zu vernehmen. Klingeln an der Türe. Paule verschwindet und kommt zurück.

Paule	Der Postbote. Ein Telegramm.
Marie	Zerreisse es. In kleine Stücke. Und in den Papierkorb. Nein, verbrenne es!
Paule	Bist du überhaupt nicht neugierig darauf zu erfahren, was drin steht? Vielleicht steht etwas Nettes drin.
Marie	Gib her. „Da das Volk sie, Marie Kalann, hasst, werden sie wohl ins Exil reisen. Glückliche Reise, der künftige Präsident von Lasendorf". Knalltüte! Stehen noch Menscher vor dem Haus.
Paule	Nur noch wenige. Sie drohen nicht mehr mit geballten Fäusten zu uns herauf. Sie stehen rum, rauchen, halten Maulaffen feil.
Marie	Ich gebe nicht auf. Ich gebe nicht auf.
Paule	Marie, wir könnten nach Amerika reisen. Ein Wohnmobil mieten. Dann bis Feuerland.
Marie	Eine Marie Kalann gibt sich nicht geschlagen. Wenn all jene, die ihrer Entrüstung über mich freien Lauf gelassen

	haben, jubeln würden, würde die nächste Präsidentin Marie Kalann heissen.
Paule	Wenn, wenn, wenn.
Marie	Ein Leben ohne Wenns ist langweilig. Ich suche die Herausforderung, das Neue.
Paule	Es gibt nichts Neues. Alles schon mal dagewesen. Ich an deiner Stelle würde mich nach der Scheidung von diesem Hurenbock Kalann aus dem Staube machen.
Marie	Wer nichts wagt, gewinnt nichts. Wie konnte ich ahnen, dass die Menscher so dumm sind und falsche Schlüsse ziehen!
Paule	Die Menscher kleben an ihren Helden fest, wollen sie um nichts auf der Welt verlieren. Überdies ist die Überlegung keineswegs absurd, dass die Frau die Schuld trägt, wenn der Mann zum Hurenbock wird. Sie hat ihm das Leben sauer gemacht. Sie wird als Hexe angeschaut.
Marie	Wie verwandelt man eine Hexe in eine Heilige? Ruf rasch im Vatikan an und erkundige dich.
Paule	(am Telefon) Ja. Paule Kirsta. Aber ein bisschen dalli dalli. (Schweigen) Er lässt mich warten. Er hat bestimmt geahnt, welche Frage auf ihn zukommen wird.
Marie	Häng auf.
Paule	Marie, mir schwant Schreckliches.
Marie	Paule, beruf eine Pressekonferenz ein. Jetzt machen wir Nägel mit Köpfen. Wir liefern den Menschern, was sie lieben: Klatsch und Tratsch. Im Überfluss. Der General und der Poet haben sich zu früh gefreut. Das

impertinente Frauenzimmer ist noch keineswegs weg vom Fenster.

Paule Marie, Marie.

Sechzehntes Bild

Salon des Poeten

Poet, Marie, Wunda, Paule

Poet	Und sie, Marie Kalann, meint, diese Aktion werde von Erfolg gekrönt sein?
Marie	Aber sicher, von Lasendorf, aber sicher.
Poet	Rede sie bitte in mein Hörrohr hinein.
Marie	Aber sicher, von Lasendorf, aber sicher.
Poet	Und sie, Marie Kalann, wird, wie abgesprochen, unsere Ziele voll und ganz unterstützen?
Marie	Aber sicher, von Lasendorf, aber sicher. Wie können sie nur an meiner Ehrlichkeit zweifeln?!
Poet	Wir haben in einem langen Leben unsere Erfahrungen gesammelt.
Marie	Von Lasendorf, wir leben heute. Ihre Erfahrungen sind von gestern. Wenn sie wollen, können wir das Abgesprochene schriftlich festhalten und besiegeln.
Wunda	Eine geeignete Gelegenheit für ein Poem, in Jamben, Augustin.
Poet	Hat er unsere Petschaft in Griffnähe, Wunda? Madame müssen wissen, dass wir ein exquisites Siegel haben. Mit Krönchen und so. Ein Poem in Jamben? Wo denkt er hin! Wir müssen ernsthaft und gewichtig erscheinen. Ein Kontrakt, wie er länger nicht sein kann. Unverständlich und

hochgeschraubt. Mindestens 2'000 Paragraphen. Die Pressekonferenz ist auf fünf Uhr angesetzt. Wunda, hetze er die Schreiberlinge, auf dass der Kontrakt bis derozeit schriftlich vorliegt. Madame, eine kleine Frage: werden Madame die Grussworte an die Presse richten oder werden wir es tun?

Marie	Wohl ein Scherz, von Lasendorf? Wir richten uns nach den Gepflogenheiten und lassen der Dame den Vortritt.
Wunda	Ich werde ein Meinungsforschungsinstitut beauftragen, um herauszufinden, ob das heute tatsächlich die Gepflogenheit ist.
Poet	Bis um fünf Uhr, Madame.

Siebzehntes Bild

Salon des Poeten

Poet, Marie, Wunda, Paule, Helter, Volk

Grossandrang zur Pressekonferenz, darunter auch Helter.

Wunda	Nicht drängeln, nicht drängeln. Es hat Platz für alle.
Marie	*(im Jean-Harlow-Look als Vamp, flüsternd zu Paule)* Wie habt ihr die Menscher hergelockt?
Paule	Die Menscher herzulocken war einfach. Ich habe bloss gesagt, dass die berühmteste Frau mit Herz über ihre schicksalshafte grösste Liebe berichtet. Und schon haben sie sich um Eintrittskarten gerissen. Doch Presseleute …? – Marie, dein Busen ist verrutscht.
Marie	In diesen formlosen Kleidern hält aber auch gar nichts. So?
Paule	Okay.
Wunda	Die Herrschaften von der Presse. Ist bloss an die Herrschaften von der Presse gerichtet. Den Text, den wir von ihnen in den Zeitungen erwarten, wird ihnen vervielfältigt beim Ausgang überreicht werden. Sie brauchen sich keine Notizen zu machen. Und nun zum Volk! Volk, ihr dürft jubeln. Doch nicht zu sehr. Zu hohe Frequenz bei den Schallwellen, könnte den

	Putz an Wänden und Decken bröckeln lassen. Darf ich um ihre Aufmerksamkeit bitten! Seine Exzellenz, Baron von Lasendorf, der Poet, der künftige Staatspräsident unseres Landes gibt sich die Ehre, das Wort zu ergreifen.
Poet	Volk, die umwerfende Schönheit von Madame Marie Kalann hat uns spiez gemacht.
Volk	Quod? Quod? Quod? Quod?
Wunda	Spitz heisst das Wort. Wenn wir schon raffiniert dem Volk auf den Mund schauen, müssen wir Worte in der Manier des Volkes ausgesprochen werden. Spitz.
Poet	Er hat es mir präzise so aufgeschrieben, wie ich geruht habe, es abzulesen.
Wunda	Da ist kein e, aber ein t. Spitz, nicht spiez. – Volk, es war der Probelauf. Jetzt kann es ernsthaft losgehen.
Poet	Volk, die umwerfende Schönheit von Madame Marie Kalann hat uns spitz gemacht. Wir gedenken, mit dieser Skandalnudel – haben wir das Wort akkurat prononciert? – ein Verhältnis zu beginnen. Ein legales Verhältnis.
Volk	O, o, o, totus floreo. O, o, o, totus floreo. O, o, o, totus floreo. O, o, o, totus floreo.

Volk 1 krümmt sich vor Lachen.

| Poet | Unterstehe er, liederliches Subjekt, so dämlich zu grinsen! Unsere Erbmasse ist exquisit. Nur EIN Ausrutscher in unserer |

langen und glücklichen Familiengeschichte. Anno domini 1247 verliess Hannibal von Lasendorf den Schoss der Familie und wurde General. Die Angelegenheit wurde dann durch den frühen Heldentod Hannibals von Lasendorf im Sinne der Familie geregelt.

Marie Und ich, Marie Kalann, bin die Braut.

Volk Pulchra virgo. Pulchra virgo. Pulchra virgo. Pulchra virgo. In dulce jubilamos. In dulce jubilamos. In dulce jubilamos. In dulce jubilamos.

Marie So, das hätten wir geschafft. Paule, die Auswertung.

Poet Madame! Die Pressekonferenz ist in vollem Gange. Bewahren sie Haltung!

Wunda Lass es gut sein, Augustin. Die Zeitungen wissen, was sie schreiben sollen. Und das Volk jubelt, hört nicht mehr zu, die Bilder sind im Kasten …

Marie Paule, die Resultate!

Paule Im Garten des Kalann befinden sich 2'973 Menscher, vor dem Kommandoposten des Generals kein müdes Schwein. Hier 7'007 Menscher ausser Rand und Band. Wir haben eine satte Mehrheit der interessierten Bevölkerung.

Marie Gut gemacht, August! Alles läuft wie am Schnürchen, es wird klappen.

Poet Was für ein Lappen? Mein Hörrohr, mein Hörrohr! Was quasselt dieses impertinente Frauenzimmer ungefragt auf mich ein?!

Marie	Na, Alterchen, wir brauchen nicht darüber zu streiten, wer wem am Morgen den Orangensaft ans Bett bringt. Paule und Wunda, ist es opportun, dass ich bereits nächste Woche ein Kissen vor meinen Bauch binde? Wir müssen im Gerede bleiben. Trächtigkeit hilft schön mit.
Poet	Madame parlieren schrecklich volkstümlich. (*er fällt in Ohnmacht*)
Wunda	Trägt jemand Riechsalz auf sich?
Helter	Marie Kalann, mein Glückwunsch! Kommt er schon wieder zu sich? (*Wunda nickt)* Von Lasendorf, auch ihnen unseren herzlichsten Glückwunsch.
Marie	Als guter Verlierer hätte der General höchstpersönlich seinen Arsch hierher bewegen dürfen.
Helter	Er lässt sich entschuldigen. Pflichten, Pflichten, Pflichten!
Marie	Schon gut, Helter. Wir geruhen gnädig zu sein und vergeben dem General. Wunda und Paule, was ist mit dem Kissen?!
Helter	Marie Kalann, ich habe meine Ansprache an sie noch nicht geschlossen. Ich bin in dienstlichen Geschäften hier. Geheime Menschenansammlungen sind verboten. Geheim ist, was nicht vor dem Präsidentenpalais stattfindet. Volk, verzischen! Presseleute, weg! Auf den Siegesplatz vor dem Präsidentenpalais, marsch, marsch!

Wunda	Halt, halt. Wir haben die Menscher hierher eingeladen. Wir werden sie auch wieder verabschieden.
Helter	Bedaure. Ihr habt nichts mehr zu sagen. Während ihr diese herrliche Schau inszeniert habt, konnten wir unseren Theater-Coup landen. Wie euch bekannt sein dürfte, wollte der Präsident – aus welchen Gründen auch immer – entgegen seiner Ankündigung weder das Zeitliche segnen, noch abhauen. Wir sind – die Menschen hielten sich hier oder in Kalanns Garten auf – unbehelligt zum Präsidentenpalais geschritten, eins-zwei, eins-zwei, eins-zwei und so weiter. Der Präsident befindet sich nun im silbernen Vogel Nummer drei und fliegt in Richtung Timbuktu ins Exil. Seine goldene Badewanne haben wir ihm mitgegeben. Solchen Plunder benötigen wir nicht. Seine Exzellenz, der General-Präsident …
Volk 1	*auf Helter weisend* Ist er die graue Eminenz der Papstes?
Volk 2	Ist das eine neue Fernseh-Serie?
Volk 1	Nein. Die Wirklichkeit. Er dort.
Volk 2	Verstehe. Wie hast du ihn genannt?
Volk 1	Die graue Eminenz des Papstes. Ein Schreiberling hat dieses Wort kreiert. Ich glaube, Simmel. Nun ist es zum geflügelten Wort geworden: die graue Eminenz des Papstes.
Volk 2	Nein. Nicht Simmel. Von ihm kenne ich jedes Wort. Weshalb ausgerechnet des

	Papstes?! Von der Uniform her zu schliessen, treibt er es eher mit dem General.
Volk 1	Sag ich ja.
Volk 2	Quatsch, du hast Papst gesagt.
Volk 1	Einerlei! Papst oder General!
Helter	Danke! Haben die Herrschaften ihre Plauderei beendet. Seine Exzellenz, der General-Präsident …
Volk 2	Komm, Kalle. Er da mag uns nicht. Verduften wir. (*Volk 1 und Volk 2 ab*)
Helter	Seine Exzellenz, der General-Präsident hat sich zu demselbigen ernannt zu Sao Salvador da Baia de Todos os Santos am siebenten Julei 1473.
Marie	(*zu Paule*) Blitz und Donnerschlag! Die Frau-mit-Herz-Masche können wir vergessen. Wir fokussieren wieder stramme Waden. – Oberleutnant Helter, lass er seine strammen Waden sehen!

Das Volk, das noch nicht davongelaufen ist, wiehert vor Lachen.

Helter	Oberkommandierender Helter, wenn ich bitten darf!
Marie	Okay, Helterchen, deine Waden. Deine Waden. Die Waden. Stramm. Stramm. Stramm. Die Männer des Generals, ui, ui, ui, ein Haufen Männer mit strammen Waden. Ich, Marie Kalann, werde da mit Wonne die Obermarketänderin sein.
Poet	Wo denkt das leichte Frauenzimmer hin?! Noch nie in der Geschichte hatte eine Frau

derer von Lasendorf einen Finger gerührt. Die Weibsbilder sind – man vergewissere sich bei den Ahninnenporträts – aufs Prächtigste ausstaffiert mit prunkvollsten Roben und tragen zehn Zentimeter lange Fingernägel, gülden lackiert.

Marie   Der Wind bläst nun aus einer anderen Richtung, August.

Helter   Seine Exzellenz bevorzugen keine Weiber! Oder falls unbedingt Weiber, dann solche mit prallen Brüsten. – Volk, marsch, marsch, zum Siegesplatz vor dem Präsidentenpalais, zur Huldigung für den General-Präsidenten! Marsch, marsch!

Achtzehntes Bild

Siegesplatz vor dem Präsidentenpalais, mit Präsidentenbalkon

Alle, ausser Kalann

Der General, Helter und Trass auf dem Präsidentenbalkon. Das Volk wartet, ungeduldig scharrend. Marie, der Poet, Paule und Wunda harren belustigt der Dinge, die da kommen sollen.

General	Kreuz-Blitz- und-Donnerwetter, Helter, was für eine Frustration! Die Buhlerei um die Gunst des Volkes mit Kalann, von Lasendorf und jenem Weibsbild dort haben uns mächtig gefordert. Jetzt steht das Volk da, alle sind da. Schrecklich fad! Glaubt er im Ernst, ich werde in dieser Öde das Volk begrüssen?! Helter, wir benötigen, notiere er alles haargenau, wir benötigen …
Helter	Trass, die Schiefertafel!
Trass	Hatschi …. Hatschi. Och, jetzt zerbricht mir noch die Kreide. So ein Mist.
General	… benötigen wir: eine Siegessäule, einen Triumphbogen und eine Heldengalerie. Ist er soweit?
Trass	… galerie. Hatschi … hatschi.
Helter	Falls Exzellenz gestatten, für die Heldengalerie habe ich ihr Antlitz 66 mal in Marmor hauen lassen. Dahinter werden Spiegel angebracht, so dass Exzellenz sich unzählige Male mehr bewundern können.

General	Die beiden dort unten sollen nicht zusammen pussieren.
Helter	*(zu Marie und dem Poeten)* He, he, ihr beide dort, gsch, gsch, stiebt auseinander. Wir werden euch mitteilen, wenn ihr was zusammen zu bereden habt.
General	Bestell er eine Siegessäule, zehn Zentimeter höher als der Obelisk auf der Place de la Concorde. Und dann arrangier er mir eine Schlacht. Wir wollen in die Schlacht ziehn mit allem Bum-bum und Trara. Und damit wir uns nicht langweilen, halte er uns das Datum unseres Sieges noch geheim. Wir sind ja so gespannt, auf welchen Tag unser Sieg fallen wird. Nur ein 13. darf es nicht sein. Ein, zwei, drei Menscher sollen fallen, damit wir Namen für das Denkmal der gefallenen Soldaten haben. Er weiss, Kranzniederlegungen, wenn uns die Königin aus irgendeinem Land besuchen sollte.
Helter	Exzellenz ist in süperber Stimmung. Trass, trödel er nicht. Husch, husch, einen Schlachtplan!
Trass	Hatschi … hatschi. Wo belieben die Schlacht geschlagen zu werden?
General	Uns gefällt vor allem der sieben Achtel lange Paletot der Winteruniform.
Trass	Grönland also? Hatschi *(alle warten gespannt auf das zweite Hatschi, das nicht kommt)*
General	Tiens, tiens, tiens. Sitzt dem Trass der Schalk hinter dem Ohr, neue Maröttchen?!

	Halte er sich gefälligst an seine Gepflogenheiten und niesse er zweimal!
Trass	Pfehl, Herr General. Hatschi.
General	Doch Grönland ist uns nun doch etwas zu eisig. Wir hassen den Eiswind. Arrangier er die Schlacht eher in einem sonnigen Land.
Trass	Pfehl, Herr General.
Poet	Und wir, der wir so liebend gerne das Volk huldvoll aus der Sänfte gegrüsst haben?
Marie	Wenn die Menscher sich wenigstens verwirklichen wollten! Dann würden sie sich keinen Deut mehr um den Hanswurst da oben kümmern. Sich in sich selbst verbohren und egotrippen. Die Menschen sind Kälber! Sie stieren zu ihm rauf!
Helter	He, he, keine Komplottereien! *(zum General)* Von Lasendorf und die Marie Kalann.
General	Wir würden die beiden gerne hier auf den Balkon holen. Mit Marie Kalann etwas debattieren und mit von Lasendorf Schach spielen. Er ist ein ausgezeichneter Schachspieler.
Helter	Als General-Präsident hat er seine Feinde zu kujonieren. Die Menscher legen Nachsicht als Schwäche aus. Die Fronarbeit für alle muss aufrecht erhalten bleiben, bis wir in die Schlacht ziehen. Sonst kommen uns die Menscher noch vom guten Weg ab.
General	Dann verteil er Uniformen, die weissen mit den Goldlitzen. *(Pause)* Weigert er sich, den Befehl an Trass weiterzugeben?!
Helter	Es ist so, Exzellenz …
General	Ich höre!

Helter	Wir haben uns in weiser Voraussicht erlaubt, jedem Mensch seine Uniform per Post nachhause zu senden.
General	Er ist ein Wüstenpferd, Helter! Die Uniformen nachhause senden!!! Aus Freude spielen sie Spielzeugkrieg, feiern und denken nicht daran, unserem Schlachtruf zu folgen.
Helter	Ist kein Problem nicht, überhaupt nicht, Exzellenz, nicht im Geringsten.
General	Schiess er los!
Helter	Die Lösung ist da. Trass, präsentier er die Lösung! Such er die Lösung, finde sie und dann präsentier er sie!
Marie	Kalann, Kalann, Kalann. Er könnte unsere Rettung sein. Tu, als ob du mir nicht zuhörst. Schleuse dich aus dieser Fronarbeit hier weg.
Poet	Madame …
Marie	Lass die Floskeln! Werd wesentlich. Wie du hier rauskommst? Sag, du müsstest austreten.
Poet	Ich?! Öffentlich dazu stehen, dass ich pipipinkeln muss???!!!
Marie	*(schaut ihn scharf an, worauf er seinen Schwanz einzieht)* Und dann rennst du zu Kalann. Richte ihm von mir aus, ich verzeihe ihm.
Poet	Sie, Madame, ihm?
Marie	Da staunst du, wie, dass eine Frau es wagt …! Bitte ich ihn, mir zu verzeihen, steht er als Pumpe da, falls er es tut. Schlepp ihn her! Mit seiner Hilfe proben wir den Aufstand des Volkes.

Helter	Gsch, gesch, gesch.
General	*(mit Blick auf den Poeten)* Bedrängt das Mensch dort ein Problem? Trage er es uns vor!
Poet	Exzellenz! *(Kratzfuss)* Wenn Exzellenz gestatten, so Exzellenz mir einfachem Mann …
General	Trete er gefälligst nicht so hampelmännisch von einem Bein aufs andre. Red er in klaren Worten!
Paule	Menschenskind, das sieht doch jeder Blinde mit dem Krückstock. Der Mann hat Hochdruck, muss pissen.
Wunda	Lasst ihn hinter den Baum dort treten.
General	Wir verbitten uns, in unserer Gegenwart unanständig zu reden! Niemand hat hier zu … ach! Für seine devote Art aber verdient er einen Orden. Tret er her zu mir. Den Orden für devotes Verhalten!
Helter	Geht nicht! Blech ist knapp geworden. Benötigen alles für Geschütze, Exzellenz.
General	Der Orden für devotes Verhalten ist ein unkonventioneller Orden. Er, Subjekt, ist das erste Mensch, das ihn erhält. Der Orden besteht aus dem Anrecht, vom General-Präsidenten höchstpersönlich dreimal huldvoll begrüsst zu werden. So. *(der General grüsst mit huldvoller Handbewegung den verdattert dastehenden Poeten)*
Poet	*(tritt wie ein geschlagener Hund in die Reihe zurück)* Wo wir doch selber liebend gern huldvoll das Volk grüssen!

Marie	So ein Kleister. Angebrannt! Sind wir nicht weiter als zuvor.
General	Helter, frag er Trass, ob er das Uniformenproblem inzwischen gelöst hat! *(Helter sieht Trass an. Trass schneidet eine Grimasse)*
Trass	Hatschi ... hatschi.
General	Helter, weis er dem Trass den goldrichtigen Weg. Die Menscher müssen staunen. Mit offenen Mündern. Dann kann man sie problemlos gängeln, an der Nase rumführen. Kalann ist nicht hier. Kalann muss her. Wir wollen unseren Kalann. Am siebenten Julei sind die Waden genügend auf stramm getrimmt. Heute ist der siebente Julei. Kalann soll uns seine strammen Waden zeigen.
Trass	*(Helter gibt den Befehl an Trass mit Blicken, während der Rede des Generals weiter. Plötzlich schaut Trass weg, ihm geht ein Licht auf)* He, dass mir das nicht früher eingefallen ist! Hatschi ... hatschi. Menscher mögen Schlachten nicht. Sie haben in der Regel Schiss, wenn's losgeht und rennen weg. Schlachtruf muss etwas sein, das dem Volk gefällt. Hochzeit hatten wir schon. Da ist das Volk wild drauf. *(Schlachtruf in Richtung Volk)* In Babylon heiratet der König von Saba die Königin von Usbekistan. Wer als erster in blütenrein-weisser Uniform mit Goldlitzen und der schönsten Muskete sich in Babylon einfindet, wird Brautjungfer bei der Hochzeit sein!

Helter	Menschenskind, die ersten zischen bereits los!
General	Helter, der Trass soll unsere Ju52 startklar machen. Damit werden wir das zügellose Volk einholen. Ist bereits ein Feind organisiert, der sich pünktlich in Babylon einfindet, damit wir unsere Schlacht kriegen?! Trass mit seinen strammen Waden soll nach Babylon rennen und im Vorbeigehen noch gerade Kalann mitnehmen!

Neunzehntes Bild

Garten

Kalann und Trass

Trass erscheint rennend am Gartenzaun.

Trass	Kalann, komm! Siebenter Julei, da hat das Mannsbild namens Kalann genügend stramme Waden. Sagt der Alte. Scheisse, bin ich in der Patsche! Könnt ich mal Ehre im Feld holen, geht die Knarre nicht. Alles ist schon über alle Berge. Ich trödel hier rum. Zu dumm. Patrone rein. Abdrücken. Sollte bumbum machen. Tut es nicht. Komm schon, Kalann! Wir müssen los, sonst holen wir sie niemals ein.
Kalann	Zeig her.
Trass	Scheisse, Scheisse, Scheisse!
Kalann	An dieser Knarre ist etwas faul.
Trass	Sag ich schon lange.
Kalann	Eben. Und ich bestätige es dir. An deiner Stelle würde ich damit nicht mehr schiessen.
Trass	Tut ja gar nicht mehr schiessen.
Kalann	Stimmt, ich hab's nur im Moment vergessen gehabt. Dann brauchst du's nicht mehr. Kannst es mir kurz ausleihen. Ich geb's dir bestimmt wieder zurück. Ich steck's nur mal schnell zu den Bohnen. Habe ich doch aus Versehen

	Stangenbohnen gekauft, wo's doch nirgends mehr Stangen zu kaufen gibt. War wirklich zu blöd von mir. Aber jetzt ist's ja gut.
Trass	Komm schon, wir müssen weiter.
Kalann	Nicht ausgerechnet kurz bevor die Gemüsesuppe bereit ist. Wo ich Gemüsesuppe so gerne mag. Wenn ich's mir genau überlege, mir fehlt die Lust, zurück zum General zu gehen.
Trass	Er ist nicht mehr der General. Er ist jetzt General-Präsident! Er fragt dich nicht, ob du gerne möchtest oder nicht. Er sagt: du musst! Und dann musst du tatsächlich.
Kalann	Er kann mich mal. Ich muss meinen Garten besorgen. Ich gehe von hier nicht weg. Richte es ihm bitte aus.
Trass	Kalann?
Kalann	Neineinein! Selbst die sanfte Tour verfängt bei mir nicht. Nicht beim Kalann.
Trass	Ich mein was ganz anderes. Wächst in deinem Garten auch Rosenkohl?
Kalann	Bestimmt. Was ist eine Gemüsekultur ohne Rosenkohl?!
Trass	Wo ich Rosenkohl so gerne mag.
Kalann	Schaust mal vorbei, sobald der Rosenkohl reif zum Ernten ist. Das sollte am 11. Julei sein. Du, Trass, sag mal, als Offizier ohne Knarre? Du solltest doch jene mit Knarren herumtribulieren und nur von Zeit zu Zeit mit einer eleganten Handfeuerwaffe in die Luft böllern.
Trass	Wem sagst du es!

Kalann	Erzähl schon.
Trass	Alles hat so friedlich angefangen. Sagte ich mir: Trass, bist 30. Mit 30 wirst mal schön seriös. Schluss mit dem Lotterleben. Mit 30 muss die Karriere eingeleitet werden. Ganz steil. So eine Art Abklatsch von Helter, nur noch besser. So hab ich's mir vorgestellt. Drei Nächste nicht mehr abgedeckt geschlafen. Drei Nächte, stell dir vor!
Kalann	Nix gestrampelt?
Trass	Doch, doch, schon noch ein bisschen. Doch drei Nächte hintereinander bei der ehemaligen Geliebten des ehemaligen Präsidenten. Sie hat eine Daunendecke, die nicht rutscht beim Strampeln. Komm ich zum Kommandoposten, melde mich bereit zur Schlacht. Sagt doch der Alte: du mit deinem ... nein, so: Er, Trass, mit seinem Hatschi ... hatschi nehme eine Muskete. Befehlen lässt sich nicht, wenn man ständig niesst! Konnte ich lange sagen, ich bin die Erkältung los. Der Alte glaubt mir nicht. Und so bleibe ich ein Musketenmann. Nix mit Karriere. Ist das Gerechtigkeit?!
Kalann	Halte mal das hier. Mit Gerechtigkeit brauchst du mir nicht zu kommen.
Trass	Hab ich anstelle einer schnittigen Handfeuerwaffe noch immer die Muskete. Die nicht mal funktioniert! Jetzt verpasse ich die Schlacht, weil du meinen Befehl nicht befolgst und mir in die Schlacht nachtrottest.

Kalann	Renn schon los. Zum Plündern und Schänden wird es alleweil noch reichen.
Trass	Komm schon mit, Kalann.
Kalann	Nichts zu machen! Hör mal gut zu: wenn's bummert und böllert, dann bummert und böllert es zu des Alten und Konsorten Gefallen. Der Alte versucht uns weis zu machen, er tue alles bloss für uns. Kruzitürken! So ein Kleister! Da macht der Kalann nicht länger mit.
Trass	Wo kämen wir hin, wenn alle so dächten wie du?!
Kalann	Na, dann herrschte Frieden. Ich geh mit gutem Beispiel voran. Was ist jetzt schon wieder los? Da? Das Volk rennt daher. In zerfetzten Kleidern.
Trass	So gemein. Ich habe die Schlacht verpasst.
Volk	Vivat Kalann! Vivat Kalann. Vivat Kalann, qui novit ut bellum horribilum sit.
Kalann	Hatte ich mich zu früh gefreut, dass ich die lästigen Menscher endlich los bin.
Trass	Ach, das Volk sagt, die Schlacht hätte ihm nicht gefallen. Der Kalann habe es richtig gemacht.

Zwanzigstes Bild

Siegesplatz mit Präsidentenbalkon

Alle, ausser Kalann und Trass; das 21. Bild mit Kalann und Trass kann sich im Anschluss an das 20. Bild im Vordergrund der Szenerie abspielen.

General	Haben die Menscher so lange, bis sie aus Babylon zurückgekehrt und uns auf dem Siegesplatz huldigen kommen???!!!
Helter	Wenn Exzellenz gestatten, 15 Menscher sind bereits hier.
General	Helter, wir wollen Jubelvolk, nicht solche Trauerklosse. Versprechen wir den Menschern volle Freiheit, dann jubeln sie uns zu.
Helter	Falls Exzellenz gestatten, meine Zweifel anzubringen. Das Volk in Freiheit haben wir nicht mehr im Griff. Dem Volk etwas zuwerfen, das es jubeln macht.
General	Kreuz-Blitz-und-Donnerwetter! Wir wollen auf dem Dokumentarfilm über die Siegesfeier jubelndes Volk!
Helter	Exzellenz, holen wir Komparsen aus Hollywood.
General	Kreuz-Blitz-und-Donnerwetter, zu teuer!
Helter	Aus Cinecittà.
General	Ist das alles, was uns an Glorie bleibt?! Ein Volk, bestehend aus 15 Menschern, die wie Trauerklosse herumstehen und politische Gegner, die zu schwach sind, um etwas

	Schwung in die Schose zu bringen, Kreuz-Blitz-und-Donnerwetter! Zumindest haben wir einen Namen, den wir auf der Siegessäule verewigen können: Trass ist auf dem Feld der Ehre gefallen. Verheimlicht er mir etwas, Helter?
Helter	Nun, Exzellenz …
Poet	Madame, wir sind mit unseren Kräften am Ende.
Marie	Wunda, gib dem August einen Löffel Lebertran. Paule, ist dir endlich eingefallen, wie man eine Bombe bastelt?
Paule	Klar. Einen Molotow-Cocktail kann jedes Kind basteln. Wo nehmen wir die Flasche her?
Marie	Das lass meine Sorge sein. Mach du Kniebeugen. Zum Bombenwerfen benötigt man stramme Waden.
Paule	Zuerst, Marie, gehen wir gut essen.
Poet	Madame, Bomben werden! Schauderös! Das ist unanständig.
Marie	Vergeude deine Kräfte nicht mit unnützen Worten. Bomben sind die letzte Kommunikationsmöglichkeit, die uns bleibt. An den Kalann kommen wir nicht mehr ran. Die Menscher scharen sich um ihn und wir können diesen Kordon nicht durchbrechen. Aber den Alten dort oben trifft der Paule bestimmt mit der Bombe. Wunda, gibt ihm noch einen Löffel Lebertran.
General	Verheimlicht er uns etwas, Helter?

Helter	Die Schlacht war gut und recht, sagt man, Exzellenz, doch den Menschern hat sie nicht wirklich gefallen mögen.
General	Kreuz-Blitz-und-Donnerwetter, Helter! Vergraul er uns nicht die Schlachten. Sie sind unser Lebenszweck. Gefallen dem Volk meine Schlachten nicht, tausch er mir das Volk aus!
Helter	Es sind mehr als 15 Menscher aus der Schlacht bei Babylon zurückgekehrt. Sie jubeln wieder Kalann zu. Er ist ein Held, weil er nicht in die Schlacht gezogen ist.
General	Kreuz-Blitz-und-Donnerwetter, Kopf ab! Dem Kalann, dieser Kanallje gehört der Kopf ab! Mausetot muss man ihn machen, Kreuz-Blitz-und-Donnerwetter!
Helter	Falls Exzellenz gestatten, das wäre der grösste Blödsinn. Dann hätte das Volk seinen Märtyrer. Doch das ist kein Problem, Exzellenz, überhaupt nicht.
General	Erklär er sich, Helter.
Helter	Übertreffen wir uns einmal selber, Exzellenz. Der grösste Erfolg im politischen Bereich war die Heirat der Marie Kalann mit von Lasendorf.
General	Er meint, den von Lasendorf beiseiteschaffen und das impertinente Frauenzimmer Marie Kalann heiraten?
Helter	Noch besser, Exzellenz. Eine Heirat ist gut. Da jubelt das Volk. Eine Krönung ist besser. Da wird das Volk brüllen vor Jubel. Wir krönen die Marie Kalann! Frauen eignen

	sich besser, gekrönt zu werden. Auf Männerhäuptern wirken Kronen lächerlich.
General	Na, mein Lieber, jetzt biste aber aufn Kopp gefallen. Will sagen: Helter, beliebt er zu scherzen?!
Helter	Mit Diamanten und Brokatstoffen behängt, kann Marie Kalann keine grossen Sprünge mehr machen und wird ihre Klappe halten, weil sie zu schwer an ihrer Pracht schleppt. Dem von Lasendorf als Prinzgemahl ist die Ehre angetan, er wird sich gebauchpinselt fühlen und schweigen. Und Exzellenz haben freie Hand, sich zum Tyrannen aufzuschwingen.
General	Kreuz-Blitz-und-Donnerwetter. Kreuz-Blitz-und-Donnerwetter. Kreuz-Blitz-und-Donnerwetter. – Marie Kalann! Helter, zitier er mir das Frauenzimmer her!
Helter	Marie Kalann!
Marie	Wunda, halt du mal die Lebertranflasche. Alle zwei Minuten einen Löffel, nicht vergessen. – Was ist?
General	Unsere propere Anrede lautet: Exzellenz! Wir halten nichts von Selbsterniedrigungen. Obwohl, unter Exzellenzen, nicht wahr, Madame, kann man auf gewisse Förmlichkeiten zur Not verzichten, nicht wahr, Königin Marie Kalann.
Paule	Marie Kalann, lass dich nicht kaufen.
Marie	*(zu Paule)* Schschsch. Hier komme ich locker an Flaschen ran.

Paule	*(zu Marie)* Sind wir erst mal da oben, benötigen wir keine Flaschen mehr, dann können wir ihn vergiften.
Marie	*(zu Paule)* Kluges Köpfchen! *(zum General)* Königin? Habe ich richtig gehört?! Kaiserin Marie Kalann, wenn wir bitten dürfen, Kollege General-Präsident!
Volk	Vivat imperatrix Marie Kalann! Vivat imperatrix Marie Kalann! Vivat imperatrix Marie Kalann!
Marie	Komm her, August. Jetzt bist du Prinzgemahl!
Wunda	Und der Lebertran, Hoheit?
Marie	Gib den Rest davon dem Volk für ein Picknick.
Poet	Madame, gelangen wir nun doch – auf Umwegen – in jene Gefilde des Noblen Lebens, für die wir geschaffen sind, dem Himmel sei's getrommelt und gepfiffen!
Marie	Klar, August, klar. (zu Paule, der nun hinter ihr steht) Ich weiss nicht, ob ich laut herausschallen soll oder heulen. Man kämpft und kämpft, hat seine Ziele, will die Welt verändern und fliegt mitten ins Establishment hinauf. Eine harte Landung auf dem Arsch. Halluzinationen. Ich schnappe über. Der Zirkus geht los. Die fehlenden prallen Brüste werden jetzt mit Smaragden und Rubinen wett gemacht.
Volk	Vivat imperatrix Marie Kalann! Vivat imperatrix Marie Kalann! Vivat imperatrix Marie Kalann!
Helter	Hoheit, der Mantel aus Zobel.

Marie	Halt, halt. Zuerst wird mir ein wunderhübsch gerundetes cul-de-Paris aufgebaut. Um die Männer geil zu machen. Doch zu haben bin ich nicht mehr!
Poet	Madame …
Marie	Von nun an sagen wir, was angesagt ist.
General	Kreuz-Blitz-und-Donnerwetter, haben wir ein Gaudi! Beinahe so schön, wie eine Schlacht.
Volk	Vivat imperatrix Marie Kalann! Vivat imperatrix Marie Kalann! Vivat imperatrix Marie Kalann!
Poet	Wunda, wir haben keine Feinde mehr. Wir sind mit all unseren Feinden liiert, verschwägert gar. Darüber müssen wir ein Buch schreiben.
General	Von Lasendorf, falls er geruht, Memoiren zu schreiben, beehren wir ihn mit einem Vorwort aus unserer Feder.
Volk	Vivant omnes, vivant omnes, vivant omnes !
Helter	Den Reichsapfel, Hoheit.
Marie	Autsch, hoppla, der ist zur Sau! Ist er nicht mal Gold, dass er wegen des Bisschen Fallens gleich zerbricht?!!!
Helter	Zur Schonung des Budgets aus Gips mit Bleikern und vergoldet. Ich hatte Hoheit nicht gewarnt, dass er schwer ist.
General	Wir krönen sie, Marie Kalann, hiermit zur Kaiserin.
Wunda	Stillgestanden, cheese. Lächeln. Gleich kommt das Vögelchen. Klick klick!

Volk

Volk   Vivat imperatrix Marie Kalann! Vivat imperatrix Marie Kalann! Vivat imperatrix Marie Kalann! Sumus beatae et beati. Sumus beatae et beati. Sumus beatae et beati !

Einundzwanzigstes Bild

Garten

Trass, Kalann, a verirrtes Volk.

Diese Szene kann sich im Vordergrund der Krönungszeremonie abspielen, so dass beide Szenen sich überschneiden.

Kalann	Spürst du was, Trass? Es liegt was in der Luft.
Trass	Nein.
Kalann	Überhaupt nichts? Weihrauch und Myrre?
Trass	Nein. Du, der Rosenkohl, der war echt lecker.
Kalann	Die ganze Gemüsesuppe schmeckte phantastisch. Frisches Gemüse eben.
Trass	Obwohl … hätte schon ein bisschen Lust, wieder mal zu strampeln. Schon drei Tage nicht mehr gestrampelt. Hatschi … hatschi.
Kalann	Siehst du, wenn man Freunde ankohlt, folgt die Strafe sofort. Hast dich verraten. Freunde tut man nicht belügen.
Trass	Ach, das Bisschen mogeln. Und so super war das Strampeln auch wieder nicht gewesen.
Kalann	Und ich soll dir glauben?!
Trass	Schon gut. Okay, ich habe gesagt, ich hätte drei Tage nicht gestrampelt. Ich hätte. Wenn da nicht – du, Ehrenwort, ich bin nicht auf der Jagd gewesen –, nein, wenn

	ich dir diese Geschichte erzähle, du glaubst sie mir nicht.
Kalann	Schiess los.
Trass	Komm ich heute früh raus, um Rosenkohl zu pflücken und was steht präzis neben dem Rosenkohl, was?
Kalann	Kohlrabi.
Trass	Ich hab's geahnt, du glaubst es mir nicht. Du bist zu sehr Realist. Also neben dem Rosenkohl, das heisst, zwischen Rosenkohl und Kohlrabi stand ein Weib mit prallen Brüsten und üppigem Arsch.
Volk 1	Vivat Trass, vivat Trass!
Trass	Wo kommt er her?!
Kalann	Hat sich wohl verirrt. – Und du sagst, pralle Brüste und üppiger Arsch?
Trass	Pralle Brüste und üppiger Arsch.
Kalann	Ich habe auch mal wieder Lust.
Trass	Gut, Freund Kalann. Parfümier dich und ab ins Studio Fifty-four. Da reissen wir Weiber mit prallen Brüsten und üppigen Ärschen auf.
Kalann	Echt?
Trass	Echt! – Was hast du vorhin gemeint mit, „da liegt etwas in der Luft"?
Kalann	Ach nichts. Im Juli Rosenkohl und Kohlrabi! Wir sind total bescheuert! – Ach ja, da liegt was in der Luft. Hat mir ein kleines Vögelchen ins Ohr gezwitschert: Marie Kalann ist Kaiserin!
Trass	Dass ich nicht lach!
Kalann	Ist ja wurscht!

Trass	Soll sie sich doch ein Gebiss aus Demanten machen lassen.
Kalann	Ein Gebiss aus Demanten. Weder pralle Brüste, noch üppiger Arsch, doch irgendwie kuschelig war sie dennoch gewesen.
Trass	Los, los, auf in die Disko!

Ende